POUR TOUT LE MONDE

HISTOIRE

MODERNE

PARIS

HISTOIRE
MODERNE

PAR

A. GIRAULT.

2e édition.

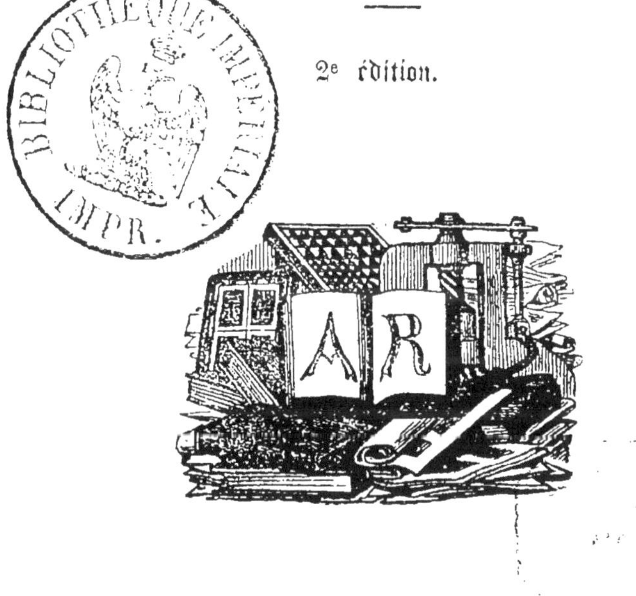

A PARIS
CHEZ PHILIPPART, LIBRAIRE,
RUE DAUPHINE, 24,
ET CHEZ TOUS LES LIBRAIRES
DE LA FRANCE.

HISTOIRE

MODERNE

(Suite de l'Histoire du Moyen Age [1]).

PREMIÈRE PÉRIODE :

Depuis la chute de l'empire d'Orient, en 1453, jusqu'à la paix de Westphalie.

TURQUIE. — DE MAHOMET II A L'AVÉNEMENT D'IBRAHIM (1451–1640).

A l'époque où Mahomet II s'empara de Constantinople, les Turcs étaient maîtres de l'Asie Mineure, de la Thrace, de la Macédoine, de la Bulgarie, de la Servie, d'une partie de la Hongrie, et menaçaient l'Europe tremblante et déchirée. Le vainqueur étonna par sa modération ; il partagea avec les anciens habitants les lieux consacrés au culte ; laissa aux Grecs la liberté de choisir et d'élire un patriarche, que Mahomet installa avec solennité. La Grèce fut partagée, suivant la coutume des Turcs, en différentes provinces, qui devinrent des fiefs militaires, mais amovibles. Il laissa au peuple sa religion, ses lois, ne lui imposa qu'un léger tribut, et lui permit de se livrer au commerce.

Une fois maître de Constantinople, Mahomet tenta d'étendre ses conquêtes en Europe, et fit une irruption en Hongrie ; mais, les Hongrois s'étant alliés au roi de Transylvanie Huniade, leurs armées réunies luttèrent victorieusement contre les Turcs, reprirent Belgrade et forcèrent Mahomet à se retirer après avoir laissé vingt mille hommes sur le champ de bataille. D'un autre côté,

[1] Voir le n° 27 de la *Bibliothèque pour tout le Monde.*

le valeureux Scanderberg, roi d'Albanie, résistait avec succès dans la Macédoine aux Musulmans, qui tentèrent ensuite sans succès le siége de l'île de Rhodes, que défendaient vaillamment les chevaliers de Saint-Jean de Jérusalem. Plus heureux dans la partie méridionale de la Grèce, Mahomet s'empara de la Morée et de la principauté d'Athènes. La mort de Scanderberg le rendit maître de l'Epire, et bientôt après de l'île de Négrepont, de l'Albanie et de l'île de Lemnos. Après une seconde et infructueuse tentative sur l'île de Rhodes, qui résista à trois mois de siége, Mahomet marcha sur la Perse, et se préparait à faire subir à Rome le même sort qu'à Constantinople, lorsque la mort l'arrêta au milieu de ses vastes projets, le 3 mai 1481.

Bajazet II, prince faible et peu digne de son père, porté sur le trône au préjudice de Zizim par une révolution heureuse, fit quelques tentatives d'envahissement en Europe, qui n'amenèrent aucun résultat sérieux. Après trente-deux ans d'un règne sans gloire, une révolte des janissaires le força d'abdiquer le pouvoir en faveur de son fils Selim, par les ordres duquel il fut empoisonné (1512). Selim Ier commença son règne par faire assassiner ses frères Ahmed et Korkud. Après avoir soumis la Syrie et la Mésopotamie, les Mameluks d'Egypte ayant essayé de lui résister, il les défit dans deux batailles rangées, se rendit maître du Caire, de Damiette, d'Alexandrie et de tout le reste de l'Egypte, qu'il réduisit en province. Il revenait à Constantinople pour se préparer à de nouvelles conquêtes, lorsqu'il mourut de la peste sur la route d'Andrinople, au lieu même où il avait fait empoisonner son père (1520).

Soliman II préluda aux conquêtes qui illustrèrent son règne par la défaite du gouverneur de la Syrie, qui avait voulu se rendre indépendant. Une tentative heureuse le rendit maître de l'île de Rhodes, dont Mahomet II n'avait pu parvenir à s'emparer. Il marcha ensuite en Hongrie, prit Belgrade et Péterwaradin, réunit la Moldavie et la Valachie à son empire, entra en Allemagne avec une armée de deux cent cinquante mille hommes et trois cents pièces de canon, s'avança sans obstacle jusqu'aux portes de Vienne et força Ferdinand d'Autriche à lui demander la paix. De rapides succès signalèrent l'invasion de ses troupes en Perse, pays qu'il abandonna un moment pour aller faire la guerre à la république de Venise : les hostilités, poussées de chaque côté avec des chances égales sur terre et sur mer, amenèrent, après une lutte longue et sanglante, un traité par lequel la République abandonna au sultan la plupart de ses possessions en Dalmatie et en Moldavie. Dans le cours de ses expéditions heureuses, Soliman fit mettre à mort ses cinq fils, qui s'étaient révoltés contre lui. — Jaloux d'illustrer la fin de sa carrière par un exploit mémorable, il entreprit de s'emparer de Malte, où s'étaient réfugiés les chevaliers de Saint-Jean de Jérusalem, qui soutinrent avec un grand courage un siége de quatre années, que les Turcs furent obligés de lever, après avoir perdu la moitié de leurs forces. Pour effacer ce revers, Soliman entra de nouveau en Hongrie, où il mourut d'apoplexie en faisant le siége de Zigeth (1566).

Selim II s'empara de l'île de Chypre, qu'il réunit à son empire. Amurat III, son fils, commença son règne par faire mourir ses frères; il étendit les conquêtes de ses prédécesseurs en Perse et en Hongrie. Mahomet III régna avec éclat après avoir fait mourir dix-neuf de ses frères et douze femmes de son père. — Sous Achmet Ier, sous Mustapha Ier et sous Othman II, Sha-Abbas, roi de Perse, enleva aux Turcs toutes leurs anciennes conquêtes, dont s'empara de nouveau Amurat V, surnommé l'Intrépide, mort en 1640.

ALLEMAGNE. — EMPIRE D'ALLEMAGNE (1440-1637).

Frédéric III, d'Autriche, fut porté au trône impérial par le suffrage des Etats, en 1440. Sa faiblesse et son incapacité laissèrent l'Allemagne en proie aux guerres civiles; il avait pris cependant pour devise les cinq voyelles *a, e, i, o, u* (*Austriæ est imperare orbi universo*) : « l'Autriche doit commander au monde entier. » Sous son règne, qui dura cinquante-trois ans, commencèrent entre les maisons de France et d'Autriche les guerres pour l'héritage des Etats de Bourgogne, qui durèrent deux cents ans. C'est sous ce règne que l'imprimerie fut inventée, et que l'Autriche fut érigée en archiduché (1493).

Maximilien Ier joignit à l'héritage de son père les Pays-Bas, l'Artois et la Franche-Comté. Il soutint plusieurs guerres contre la France, qu'il détesta toujours, et eut un moment la prétention de se faire élire coadjuteur du pape Jules II et de lui succéder. Ses troupes pénétrèrent dans le Frioul et s'emparèrent de Trieste, qui depuis est toujours restée à l'Autriche. Pendant son règne, les Suisses enlevèrent à la maison d'Autriche tout ce qu'elle possédait encore dans leur pays. —

Charles-Quint, archiduc d'Allemagne, récemment entré en possession de ses royaumes d'Espagne, et qui avait pour compétiteur à l'empire François Ier, fut élu empereur à Francfort en 1519, et couronné à Aix-la-Chapelle le 23 décembre 1520. De grands différends s'étant élevés entre lui et François Ier, Charles se ligua avec Henri VIII, roi d'Angleterre. François Ier passe les Alpes, gagne la bataille de Marignan, et va mettre le siége devant Pavie. L'armée impériale s'avance au secours de cette ville ; une sanglante bataille s'engage : François Ier est vaincu après des prodiges de valeur, et tombe au pouvoir de l'ennemi avec l'élite de la noblesse française. Charles-Quint, n'ayant pu triompher de la fermeté du monarque français, consentit à faire la paix et lui rendit la liberté. Il tourna ensuite ses armes contre l'Afrique, prit la Goulette, défit Barberousse, commandant des troupes de Selim II, entra dans Tunis et rendit la liberté à un grand nombre de chrétiens. — Charles-Quint se ligua de nouveau avec le roi d'Angleterre contre la France, pénétra en Champagne après avoir traversé la Lorraine, et se dirigeait à marches forcées vers Paris, lorsque les troubles qui éclatèrent en Allemagne, à l'occasion de la réforme religieuse prêchée par Luther, le forcèrent à écouter des propositions de paix et à signer le traité de Crépy.

Luther avait commencé en 1517 la grande révolution qui porta un si rude coup à la religion catholique en Europe. En prêchant contre les indulgences et contre le pouvoir que le souverain pontife s'était attribué de les accorder ; en écrivant que les princes devaient se rendre maîtres des biens et des fonds des évêchés, des abbayes, des monastères, et que les prêtres devaient se marier ; en proposant de changer les couvents en écoles publiques ou en hôpitaux, il intéressa à sa cause les souverains, les religieux et surtout le peuple, qui était victime de l'énormité des abus. Une masse considérable d'habitants de toutes les classes et de toutes les contrées de l'Allemagne se rangea sous sa bannière, applaudit à ses efforts et les seconda.

Après avoir audacieusement attaqué l'abus des indulgences et les indulgences en elles-mêmes, et s'être élevé contre le pape, Luther ne garda plus de mesure; dans son livre de la *Captivité de Babylone*, il engagea tous les princes à secouer le joug du souverain pontife; il traduisit ou fit traduire la Bible en toutes les langues modernes, et, tandis que les dominicains faisaient brûler ses écrits, il leur rendait la pareille en faisant brûler publiquement sur la place publique de Wittemberg la bulle d'excommunication lancée contre lui par le pape Léon X. Ce hardi novateur convertit tout le nord de l'Allemagne.

Charles-Quint, après avoir persécuté les réformés, les ménagea par prudence, et accorda aux princes protestants ligués contre lui la liberté de conscience pour ceux de leur religion. Fatigué de sa longue et pénible carrière, vieilli avant le temps, désabusé de la gloire, après avoir réuni sous sa domination l'Espagne, l'Empire, Naples, la Sicile, la Sardaigne, toute la Lombardie, le Roussillon et la Navarre, Charles-Quint, à l'âge de cinquante-six ans, abdiqua le pouvoir et se retira dans le monastère de Saint-Just, sur les frontières de la Castille. Il mourut en 1558, mécontent de son fils, mécontent du monde et de lui-même.

Ferdinand Ier, son frère, roi de Bohême et de Hongrie, fut investi de la dignité impériale et fit peu de chose pour l'empire, que menaçaient d'une entière dissolution les révolutions qu'opéraient les réformes de Luther et de Calvin (1564).

Maximilien II, monarque équitable et généreux, qui régna douze ans, joua un rôle assez obscur. Rodolphe II, prince faible et irrésolu, eut un règne malheureux. Son frère Mathias s'étant révolté, il fut obligé de lui céder les royaumes de Bavière et de Hongrie (1612). Mathias s'appliqua à faire rendre la justice avec exactitude, et raffermit l'empire, qui était sur le point de crouler à son avénement au trône. C'est pendant son règne que se forma la ligue catholique et la ligue protestante, grande querelle qui désola l'Allemagne pendant trente ans, et qui ne fut terminée qu'à la paix de Westphalie, après dix ans de négociations. L'invasion de la Hongrie par les Turcs, la rébellion de la Silésie et l'envahissement de la Bohême par le comte de Thurn affligèrent tellement Mathias, qu'il en mourut de chagrin en 1619. — Ferdinand II réunit à l'empire les couronnes de Hongrie et de Bohême. Son intolérance et son ambition démesurée armèrent contre lui la plupart des souverains de l'Europe. Vainqueur du roi de Bohême à la bataille de Prague, qui fut le commencement de la guerre dite de trente ans et de la puissance de la maison d'Autriche, il fut vaincu à Leipzig et à Lutzen par Gustave-Adolphe, et mourut après dix-huit ans d'un règne toujours troublé par des guerres intérieures et étrangères, laissant l'Allemagne épuisée par les ravages des Français et des Suisses, et par ses dissensions intestines (1637).

FRANCE. — DE CHARLES VII A LOUIS XIII.

La fin du règne de Charles VII fut troublée par la révolte de son fils, méchant prince appelé depuis Louis XI, qui fut obligé de se retirer en Dauphiné et de chercher un refuge auprès de Philippe-le-Bon, duc de Bourgogne. Louis XI parvint à la couronne en 1461. A la franche brutalité transmise des temps barbares, il fit succéder dans la politique l'adresse et le parjure, et déguisa la trahison avec l'astuce la plus habile. A son avènement, la féodalité, relevée par les apanages, était encore toute-puissante : il songea d'abord à la terrasser; ici l'intérêt national était d'accord avec le sien. Les grands formèrent contre lui une ligue qu'ils appelèrent *Ligue du bien public*. Charles-le-Téméraire, héritier de Bourgogne, les ducs de Bretagne, de Bourbon et de Berry réunis, livrèrent au roi la sanglante bataille de Montlhéry, où il montra de la valeur, mais qui resta indécise. Louis XI finit la guerre par des négociations, parut céder pour gagner du temps, et reprit plus tard la Normandie, qu'il avait accordée en apanage à son frère. Les Etats, qu'il convoqua à Tours, l'appuyèrent par une décision conforme aux intérêts de la France. — Quelque temps après, Louis XI fut pris dans un piége tendu par lui-même. Pendant une entrevue où il caressait et trahissait Charles-le-Téméraire, celui-ci apprit que des émissaires français venaient d'insurger les Liégeois contre lui. Charles se saisit aussitôt du perfide Louis XI, le retint un moment prisonnier et le contraignit à marcher avec lui contre ces mêmes Liégeois. — Le duc de Guienne, frère unique du roi, étant mort empoisonné avec sa maîtresse, la dame de Montsoreau, dans une dépêche que l'on soupçonna lui avoir été envoyée par Louis XI, le duc de Bourgogne, allié du duc de Guienne, entreprit de le venger et porta le fer et le feu dans la Picardie.

En 1475, Edouard IV, roi d'Angleterre, s'étant emparé du trône après avoir fait périr son frère Henri VI, essaya de renouveler les vieilles prétentions des Anglais sur la France, et débarqua à Calais avec une armée. Louis XI, au lieu de le combattre, acheta son départ, et conclut avec lui à Péquigny une trêve de sept années. — L'année suivante, le duc de Bourgogne entra en Lorraine, se rendit maître de Nancy, attaqua les Suisses et prit la ville de Granson ; mais, en poursuivant l'armée d'observation, il fut lui-même défait et forcé à une retraite précipitée. Ayant voulu, avec les débris de son armée, reprendre Nancy, qui s'était soustrait à son autorité, il fut tué sous les murs de cette ville le 5 janvier 1477. Sa mort mit fin à la monarchie apanagère de Bourgogne, qui causa à la France tant de maux.

Louis XI agrandit la France en y incorporant la Bourgogne, l'Artois, le territoire de Boulogne, les villes situées sur la Somme, la Provence, l'Anjou, le Maine et le Roussillon. Les dernières années de sa vie furent remplies par les terreurs et les crimes. Enfermé dans la forteresse de Plessis-les-Tours, il craignait ses sujets, ses domestiques, son propre fils et jusqu'à son médecin.

Charles VIII avait treize ans à la mort de son père. Le duc d'Orléans, descendant de Charles V, ambitionna la régence, que les Etats de Tours décernèrent à Anne de France, mariée à Pierre de Bourbon, seigneur de Beaujeu. Le duc d'Orléans s'allia au duc de Bretagne et commença les hostilités contre les troupes du roi ; battu à Saint-Aubin-du-Cormier et fait prisonnier, la paix se conclut, et il fut relâché. — Le mariage de Charles VIII avec Anne de Bretagne suscita ensuite à la France une guerre à laquelle prit part le roi d'Angleterre. Le roi de France acheta la paix des Anglais par un honteux tribut de six cent vingt mille écus d'or, par la cession à l'empereur Maximilien des provinces d'Artois et de Franche-Comté, en même temps qu'il donnait la Cerdagne et le Roussillon à Ferdinand d'Aragon. Tranquille du côté de l'Allemagne et de l'Angleterre, Charles VIII entreprit la conquête du royaume de Naples, sur lequel il croyait avoir des droits comme héritier de la maison d'Anjou. La guerre fut d'abord heureuse ; mais les puissances de l'Europe, alarmées de ses succès, se liguèrent contre lui avec les principaux Etats d'Italie. Forcé de renoncer à ses conquêtes, Charles VIII revint en France, où il mourut en 1498, au milieu des préparatifs d'une seconde expédition.

Louis XII, qui lui succéda, répudia sa femme pour épouser la veuve de Charles VIII et conserver la Bretagne. Il entreprit ensuite de faire valoir les droits qu'il avait sur le Milanais, comme héritier de Valentine Visconti et de Charles VIII, et partit à la tête d'une nombreuse armée. En vingt jours le Milanais est conquis, Naples l'est bientôt après; mais, dupes du perfide Ferdinand, les Français, battus à Cérignoles, sont forcés d'évacuer Naples. Louis marcha bientôt après contre les Vénitiens et les défit à la bataille d'Agnadel. Trahi par le pape et par le roi d'Espagne, abandonné des Suisses, il tourne ses armes contre le pape, qu'il manque de prendre dans Bologne. La bataille de Ravenne, gagnée sur les troupes pontificales par Gaston de Foix, facilita aux Français la reprise du Milanais; mais, malgré la valeur de Bayard et de La Trémoille, les Français furent battus à la bataille de Novarre et obligés de repasser les Alpes. —Pendant ce temps, les Anglais unis aux Impériaux battaient les troupes du roi en Picardie. Enfin, après avoir traité avec Henri VIII, roi d'Angleterre, Louis XII mourut en 1515, à l'âge de cinquante-trois ans.

François Ier tenta à son tour la conquête du Milanais. Pour subvenir aux frais de cette guerre, il vendit les charges de judicature, entra en Italie, gagna contre les Suisses la bataille de Marignan, et conclut avec Léon X un concordat qui anéantissait la pragmatique, abolissait les élections du clergé et transférait au pape et au roi les droits des églises de France. — Le trône impérial étant devenu vacant, François Ier concourut pour l'obtenir, mais les électeurs lui préférèrent le roi d'Espagne Charles-Quint, rival qui devint pour lui un ennemi terrible. Charles, aidé du pape Léon X, enleva le Milanais aux Français. François Ier entre aussitôt en Italie, livre la funeste bataille de Pavie et est fait prisonnier. Il se racheta en cédant la Bourgogne par un traité que les États de Bourgogne refusèrent de ratifier, et qui fut modifié par le traité de Cambrai. Vers cette époque, le duc de Bourbon, passé au service de l'empereur, n'ayant pas de quoi solder ses troupes, les mena piller Rome; le pape y fut pris et paya une forte rançon à Charles-Quint, qui lui demanda poliment pardon de cette violence.—Peu après, une nouvelle guerre éclata entre l'empereur et la France; l'on se battit sur toutes les frontières; les galères du roi s'unirent à celles du turc Barberousse, et le comte d'Enghien gagna en Italie la bataille de Cérisoles (1544) sans profit pour la France. Charles-Quint, ligué avec Henri VIII, pénétra en France jusqu'à Soissons; mais les troubles de l'Allemagne forcèrent l'empereur à signer le traité de Crépy (1544).—En paix enfin avec ses voisins, il était digne d'un grand roi de cicatriser les plaies que son règne désastreux avait fait naître; bien loin de là, François Ier tourna les armes de ses soldats contre les malheureux habitants de Cabrières et de Mérindol, qui avaient adopté la doctrine de Calvin : vingt-deux bourgs ou villages furent brûlés ou saccagés avec une inhumanité dont l'histoire des peuples barbares présente à peine des exemples.

François Ier mourut le 31 mars 1547, victime de son amour effréné des plaisirs, à l'âge de cinquante-quatre ans. La postérité lui a donné le nom de père des lettres. Nous ne discuterons pas s'il a des droits bien sérieux à cet honneur, persuadé que nous sommes que ce titre est immérité ; nous constaterons qu'il forma et exécuta le projet de réunir les professeurs royaux dans une même enceinte qui leur donna, outre les auditeurs bénévoles qui suivaient leurs leçons, six cents élèves choisis par l'État et nourris à ses frais. Cette fondation fut l'origine du Collége de France.

A l'avénement au trône de Henri II, la guerre durait encore contre Charles-Quint. Le roi prit Metz, Toul et Verdun. Charles vint mettre le siége devant Metz, que secourut le duc de Guise. Peu de temps après, Charles-Quint abdiquait le pouvoir et allait mourir dans un cloître.—Tandis que les Français soutenaient avec succès la guerre en Italie, Philippe II gagnait la bataille de Saint-Quentin (1557), échec que répara en partie le duc de Guise en s'emparant de Calais sur les Anglais. Les hostilités cessèrent enfin à la paix de Cateau-Cambresis (1559). Peu de temps après, Henri II fut tué dans un tournoi en joutant avec un de ses chevaliers.

Sous François II, les persécutions exercées contre les calvinistes augmentèrent le nombre de leurs prosélytes. Le magistrat Anne Dubourg ayant été pendu comme protestant, ses coreligionnaires formèrent à Amboise une conjuration pour le venger (1560); mais le duc de Guise la fit échouer, et les conjurés périrent les armes à la main. Les supplices redoublèrent; les calvinistes se défendirent et réclamèrent la liberté de conscience dans l'assemblée de Fontainebleau. Le duc de Bourbon, chef des calvinistes, fut arrêté, condamné et allait être exécuté, quand le roi mourut inopinément en 1560. Son frère âgé de dix ans lui succéda : c'était Charles IX.

Catherine de Médicis fut déclarée régente, et Antoine de Bourbon, roi de Navarre, lieutenant général du royaume. Aussitôt le duc de Guise, le maréchal de Saint-André et le connétable de Montmorency formèrent ce fatal triumvirat, ou ligue catholique, dont le roi d'Espagne était le chef. Les états-généraux tenus à Orléans et ensuite à Pontoise ne firent que mettre à nu les plaies de la France sans les cicatriser. Catherine de Médicis convoqua le colloque de Poissy, qui envenima les querelles au lieu de les terminer. Des voies de fait commises par des gens du duc de Guise amenèrent à Vassy le massacre d'un grand nombre de *huguenots* (ainsi nommés d'un mot allemand signifiant confédérés), dont quatre mille étaient en même temps égorgés à Toulouse. A la nouvelle de ces massacres la guerre civile éclata; les protestants furent vaincus à Dreux et à Jarnac. Coligny répara cette défaite et plaça le jeune roi de Navarre à la tête du parti protestant, qui éprouva une nouvelle défaite à Moncontour. Peu après, une paix avantageuse aux huguenots fut conclue; mais cette paix était perfide. Après leur avoir accordé quatre places de sûreté et la liberté civile et religieuse, Catherine attira les chefs à la cour pour les cérémonies du mariage du jeune Henri de Navarre avec la sœur du roi, tandis que Charles IX flattait l'amiral Coligny, que Maurevel blessait en sortant du Louvre d'un coup d'arquebuse.—Le mariage s'accomplit; au milieu des fêtes données à cette occasion, dans la nuit du 24 août, jour de la Saint-Barthélemi, à un signal parti du Louvre, le tocsin sonne, les royalistes enfoncent les maisons des huguenots, et les massacrent sans distinction d'âge ni de sexe; le Louvre est ensanglanté; l'infâme roi Charles IX tire lui-même sur les calvinistes, traverse, entouré d'un cortége brillant, les rues jonchées de cadavres, et va repaître ses yeux de la vue du corps de Coligny, première victime de cette boucherie, traîné aux fourches patibulaires de Montfaucon. Le massacre continua à Paris pendant trois jours entiers; au même instant les mêmes horreurs se répétaient dans plusieurs provinces. Le roi avoua hautement que tout avait été fait par ses ordres; le parlement applaudit et décréta une procession solennelle pour fêter ce massacre de trente mille Français. — Les martyrs engendrent des prosélytes: le sang des protestants les multiplia. Ceux qui restaient, encouragés par le cri spontané et unanime d'indignation qui s'éleva dans toute l'Europe et surtout en Allemagne, reprirent les armes avec une fureur que justifiait la barbarie de leurs ennemis, et surtout l'insolence qu'ils affichèrent après leur funeste victoire. Sur ces entrefaites, Charles IX mourut à l'âge de vingt-quatre ans, en 1574, bourrelé de remords qui torturaient nuit et jour son imagination épouvantée.

Henri III, qui avait été appelé au trône de Pologne, s'enfuit de ce pays et vint en France recueillir la couronne ensanglantée de son frère. On lui conseilla de ménager les calvinistes, il se déclara contre eux. Alors se forma la *sainte* Ligue, conjuration de catholiques forcenés, autorisée par le roi aux états de Blois. A Paris, l'insurrection des catholiques s'organisa sous le nom des *Seize* (correspondant aux seize quartiers de Paris). Les ligueurs, assemblés à Nancy, dictent des ordres au roi, qui, épouvanté par la journée des barricades, est forcé d'abandonner à Guise sa capitale. Aux nouveaux états réunis à Blois, les Guises ayant laissé entrevoir leur désir de jouer le rôle de Pépin ou de Hugues Capet, le roi, dans l'impossibilité où il se trouvait de leur résister ouvertement, les fit assassiner. Henri III se réconcilie ensuite avec le roi de Navarre et marche avec lui sur Paris; déjà ils étaient à Saint-Cloud, lorsqu'un jeune moine dominicain, Jacques Clément, dirigé par les ligueurs, tue le roi d'un coup de couteau (1589).

La succession de Henri III appartenait à Henri de Bourbon, roi de Navarre, comme descendant de Louis IX. Mais la Ligue reconnut pour chef le duc de Mayenne, et pour roi, sous le nom de Charles X, le vieux cardinal de Bourbon. Henri IV, reconnu seulement par quelques provinces, eut à lutter contre Mayenne, dont l'armée nombreuse était en grande partie composée d'infanterie espagnole, alors la meilleure troupe de l'Europe. Henri IV les battit à Arques et à Ivry, et vint investir Paris, où les ligueurs se défendaient avec fureur. Pendant ce temps, le duc de Savoie envahissait le Dauphiné et la Provence, et le duc de Parme arrivait à marches forcées. Lassés de cette lutte sanglante, les partis se rapprochèrent enfin. Le roi se décida à une abjuration, et la Ligue tomba sous les coups du ridicule et du mépris; Mayenne, vaincu à Fontaine-Française, se soumit. Bientôt après, la paix fut conclue avec Philippe II. — Henri IV donna aux calvinistes l'édit de Nantes, dans lequel l'exercice de leur religion était toléré avec quelques restrictions; conseillé par Sully, il mit de l'ordre et de l'économie dans les finances, réprima la résistance du parlement, protégea la Hollande naissante, et se proposait, dit-on, d'exécuter un plan de paix perpétuelle et de fédération européenne, lorsqu'il fut assassiné par Ravaillac (1610). Le plus beau titre de gloire de Henri IV est d'être le seul roi dont le peuple ait conservé la mémoire, après avoir pleuré sa mort.

Louis XIII n'ayant que neuf ans, le parlement donna la régence à sa mère Marie de Médicis, qui ne fit que prêter son nom à la dictature insolente du duc d'Épernon. Bientôt les trésors amassés par Henri IV, pour soutenir une nouvelle guerre qu'il allait entreprendre contre le roi d'Espagne, sont dissipés, les alliés de la France sont abandonnés et les factions renaissent. Pour remédier à ces maux, on assembla les états-généraux, dont le temps se consuma en vaines discussions. Peu après, la prompte et insolente fortune de l'italien Concini, devenu tout à coup maréchal de France et ministre, servit de prétexte à la manifestation du mécontentement général. Un jeune page, nommé Luynes, comblé des bienfaits de Concini, et qui s'était emparé de l'esprit du roi, lui persuada de se défaire du ministre pour secouer le joug de la régente. Le roi, cruel par faiblesse, fit assassiner Concini et brûler vive sa femme sous la stupide supposition de sorcellerie : le nouveau favori reçut en don royal les immenses richesses provenant des malversations du ministre, richesses qui furent l'origine de l'opulence que possède encore aujourd'hui la famille de ce favori.

Louis XIII exila sa mère et la traita durement. Elle se révolta deux fois, soutenue par quelques seigneurs. Les calvinistes s'insurgèrent aussi plusieurs fois et obtinrent des paix avantageuses. Sur ces entrefaites, le cardinal de Richelieu, ayant été appelé au ministère, montra la volonté la plus inflexible; il commença par se faire craindre des grands et en fit condamner plusieurs à mort par des commissions. Après avoir paru ménager les calvinistes, il leur enleva les places qu'ils avaient reçues comme garantie de leur sécurité religieuse, et réduisit Rohan, chef de leur armée. Tout fléchit bientôt sous son énergique despotisme : la maison d'Autriche fut abaissée; plusieurs guerres furent soutenues avec des succès divers contre les Espagnols, et la France devint la première puissance de l'Europe. Il convient toutefois de faire observer que, pendant que le royaume arrivait à ce haut degré de prospérité, tous ceux qui avaient servi à l'élévation de Richelieu devenaient ses victimes, que le sang du maréchal de Marillac, du duc de Montmorency, de Cinq Mars, de De Thou coulait sur les échafauds, et que la reine mère allait mourir de misère à Cologne, sans avoi pu obtenir une pension de son fils. Richelieu mourut laissant la réputation d'un grand ministre et un nom exécré par ses contemporains. Peu de temps après, Louis XIII le suivit au tombeau (1643).

RUSSIE. — DEPUIS LE RÈGNE DE RURICK JUSQU'A MICHEL ROMANOF (879-1645).

Au neuvième siècle la Russie était occupée par les Varègues, que les Normands reléguèrent dans les contrées septentrionales de l'Europe pour s'établir à leur place ; leur premier chef fut Rurick, auquel succéda en 879 Oleg, et après lui Igor, qui commença à civiliser les Russes et mourut en 945. Ses trois fils se partagèrent ses Etats, dont finit par être possesseur Vladimir, qui introduisit en Russie le christianisme, établit des lois, une police, et prépara, autant que la barbarie du temps pouvait le permettre, l'établissement de la monarchie. Jaroslaf, un de ses douze fils, lui succéda en 1019 ; il incorpora les Normands dans sa nation, bâtit des villes et fut le premier prince russe qui rechercha l'alliance des Européens d'Occident. Sa fille épousa Henri Ier, roi de France.—Ses successeurs, jusqu'au commencement du treizième siècle, n'ont rien fait de remarquable et sont presque ignorés. En 1235, les Russes furent défaits sur les bords de la Kalda par le fils aîné de Gengis-Kan, et les Mongols s'avancèrent jusqu'à Novogorod. Tout le pays, depuis le Dnieper jusqu'à la Vistule, appartint aux hordes de ces barbares qui, pendant deux siècles, firent peser un joug de fer sur la Russie. En 1251, Alexandre Newski remporta une grande victoire sur les Suédois; il abdiqua le souverain pouvoir et se retira dans un monastère, où il mourut en 1263. Les Russes le vénèrent comme un saint, et c'est en son honneur que l'impératrice Catherine Ire a fondé l'ordre de Saint-Alexandre Newski. — Jaroslaf, successeur d'Alexandre, parvint à se faire reconnaître chef de la république de Novogorod.—La Russie reçut le nom de Moscovie vers 1330, époque où Ivan Kolita établit sa capitale à Moscou. Vers 1480, Ivan III secoua le joug des Tatars, dont la domination sur la Russie s'éteignit en 1505. A la même époque, le tzar de Moscou prit le titre de tzar de toutes les Russies.—Vosiki II réduisit les Tatars sous son autorité, et régna sur les Russes de 1505 à 1534. Son successeur, Ivan-le-Terrible, conquit Casan et Astrakan, et il établit le corps des Strélitz; son long règne fut marqué par de grandes améliorations dans la législature, le commerce et l'administration du peuple; mais sa vie privée fut celle d'une bête féroce (1584). Fédor Ier, Boris Godinow, Dmitri, Cheriski, qui régnèrent de 1584 à 1613, périrent les uns après les autres de mort violente, et n'ont pas laissé de traces de leur gouvernement. En 1613, Michel Romanow, chef de la famille régnante, âgé de seize ans, fut élevé au trône; il justifia les espérances que les Russes avaient conçues de lui, termina la guerre que les Suédois avaient entreprise contre la Russie, et mourut en 1645, après un règne glorieux de trente-deux ans.

POLOGNE. — DEPUIS LE VIe SIÈCLE JUSQU'A WLADISLAS IV (520-1648).

Le royaume de Pologne a été fondé au sixième siècle par les Slaves. Lech Ier éleva plusieurs forteresses sur la Vistule et bâtit la ville de Gnesne, où ses descendants régnèrent cent cinquante ans sous le titre de ducs. En 700, la souveraineté fut décernée à Cracus, fondateur de la ville de Cracovie, qui devint la capitale de ses Etats. Après lui régna Popiel Ier, dans la famille duquel la souveraine puissance se perpétua jusqu'à l'an 999, où Boleslas Ier fut couronné roi de Pologne par l'empereur d'Allemagne, Othon III. Boleslas conquit la Bohême et la Moravie, battit les Russes, les Prussiens, les Saxons, les princes de Poméranie, et rendit tous les peuples de ces provinces ses tributaires. Mais la plus grande partie de ces conquêtes furent perdues sous le règne de Miécislas II, son successeur. Après un interrègne de six ans, Casimir, fils de Miécislas, qui avait été obligé par une révolte des paysans de se réfugier en France, prit les rênes du gouvernement en 1040, rétablit la paix et reprit sur les Bohémiens toutes les places qu'ils avaient enlevées à la Pologne sous Miécislas.—Boleslas II, fils de Casimir, conquit une partie de la Russie ; ses vices et ses cruautés l'ayant rendu odieux aux Moscovites, ils le déposèrent et élurent à sa place son frère Wladislas (1081), dont le règne n'offre qu'une série de calamités. Tout ce que la bravoure de Boleslas avait gagné fut perdu par l'indolence de Wladislas ; les grands se partagèrent une partie du territoire, qui souvent même devint la proie des étrangers. Les partages de territoire entre les divers chefs de la nation, leur ambition et l'inconstance de leur caractère laissèrent la Pologne sans force contre ses ennemis. Les Mongols, établis en Russie, la ravagèrent en 1240 et 1241. La Moravie et les contrées situées sur les bords de l'Oder furent entièrement dévastées. Lorsque ces Barbares se retirèrent vers la fin du treizième siècle, deux Etats se formèrent sur la Wertha et sur la Vistule. On distingua alors la grande et la petite Pologne, qui furent réunies dans le quatorzième siècle sous un chef habile, qui commença la grandeur de la nation.

A l'avénement de Casimir IV, en 1447, la Pologne était épuisée par les guerres qu'elle avait à soutenir contre les chevaliers Teutoniques, qui s'étaient emparés de plusieurs provinces polonaises ; mais Casimir, avec l'aide des Prussiens, vainquit ces fiers et avides voisins, et les réduisit, sous la suzeraineté de la Pologne, à ne jouir que du petit territoire de la Prusse ducale (1492).—La mort de Casimir replongea la Pologne dans les horreurs de la guerre civile ; ses trois fils, Jean-Albert, Alexandre et Casimir, se disputèrent sa succession, qui fut dévolue par la Diète au premier. Sous son règne les Tatars envahirent et pillèrent impunément le pays, et emmenèrent plus de cent mille hommes en esclavage. Les Turcs tentèrent aussi une excursion en Pologne à la tête d'une armée de 70,000 hommes, qui périrent presque tous de froid et de misère (1501). — Alexandre, frère de Jean-Albert, réunit et incorpora définitivement à la Pologne le grand-duché de Poméranie, où, vers 1505, furent anéantis 50,000 Tatars qui avaient tenté de nouveau de s'emparer de ce pays (1506).

Sigismond Ier fut élu par la Diète d'une voix unanime. Sous son règne, la Pologne devint la première puissance du Nord, obtint le droit de voter à la Diète germanique, et ne resta étrangère à aucun des progrès de l'esprit humain. Son fils Sigismond-Auguste augmenta les conquêtes de Sigismond Ier, et dota la Pologne d'établissements utiles; en lui finit la race des Jagellons (1572). A sa mort la nation polonaise abolit l'hérédité de la couronne, se constitua en une sorte de république, et choisit son chef parmi les races royales des pays étrangers. — En 1574, Henri de Valois, devenu plus tard roi de France, fut nommé roi de Pologne ; mais la mort de son frère, arrivée deux mois après son entrée à Varsovie, lui fit abandonner en fugitif la nation qui lui avait fait l'honneur de l'appeler à la tête de son gouvernement. — Etienne Bathori lui succéda et consola la nation polonaise de sa perte; l'époque de son règne est la plus belle de l'histoire de la république polonaise.—Sigismond III, fils du roi de Suède Jean, fut choisi pour lui succéder (1587). Par son intolérance stupide, il alluma des guerres religieuses en Pologne, qui fut dépouillée sous son gouvernement de la Moldavie, de la Valachie et de la Livonie. —Wladislas IV régna avec gloire de 1632 à 1648; il battit les Turcs et força la Suède de lui restituer la Prusse.

SUÈDE. — DE 481 A GUSTAVE-ADOLPHE (1632).

La plus grande obscurité règne sur le commencement de la monarchie suédoise, que quelques historiens font remonter à 481, époque où régnait Swartmann. Jugelde III, qui régnait en 1059, fut, dit-on, le premier roi qui adopta la religion chrétienne, à laquelle les Suédois ont dû les premiers germes de leur civilisation. En 1388, Marguerite, reine de Danemark et de Norwége, fut élue reine de Suède, et réunit sous son sceptre les trois royaumes du Nord, union qu'elle essaya de consolider par le traité de Calmar ; mais le mauvais gouvernement d'Eric et de ses successeurs fit dissoudre l'union scandinave.—De 1388 à 1519, l'histoire de la Suède est liée à celle du Danemark et de la Norwége.

Christiern, roi de Danemark, surnommé *le Néron du Nord,* forma le projet de se rendre maître absolu de la Suède en faisant massacrer toute la noblesse, et exécuta ce dessein barbare le 8 novembre 1520. Gustave Wasa, jeune prince qui avait déjà signalé son courage contre les Danois, échappa seul au massacre. Il parvint à se réfugier en Dalécarlie, et réussit à engager les sauvages habitants de ce pays à embrasser sa cause : il se met à leur tête, bat les Danois, délivre la Suède et en est déclaré souverain aux acclamations du peuple entier (1523.) —Délivré par un grand crime de cette noblesse turbulente dont les passions avaient entretenu si longtemps le feu des discordes civiles et amené la domination étrangère, Gustave jouit d'une autorité sans bornes; il favorisa l'établissement des manufactures, encouragea le commerce et la navigation, et introduisit peu à peu dans son royaume les éléments de la civilisation. La réforme, qui dans le même temps pénétra en Suède, y rendit le clergé moins puissant; elle fut solennellement adoptée à l'exclusion de toute autre croyance en 1529.—Eric, fils de Gustave, lui succéda en 1560 et fut déposé en 1569. Après lui régnèrent Jean III, Sigismond, Charles IX, et enfin Gustave-Adolphe, élevé au trône en 1611, à l'âge de dix-huit ans. La Pologne, le Danemark et la Russie profitèrent de sa jeunesse pour attaquer la Suède; il les repoussa, et peu s'en fallut que lui-même ne se rendît maître de la Russie, à laquelle il enleva la Livonie et quatre villes dans la province de Novogorod. Sa réputation s'étant répandue en Europe, la ligue protestante l'appela en Allemagne, et depuis ce moment son existence ne fut qu'une suite de triomphes jusqu'à la victoire de Lutzen, où il perdit la vie en 1632.

DANEMARK, NORWÉGE. — DU IXe SIÈCLE A 1660.

L'histoire du Danemark, pays des anciens Cimbres, est

peu connue avant le neuvième siècle. Harald VII est considéré comme le fondateur de la monarchie danoise et de la dynastie des Skioldungs ou descendants de Skiold, prétendu fils d'Odin. Suénon Ier détrôna son père, s'empara de la Norwége et prépara la conquête de l'Angleterre pour son fils Canut-le-Grand. Suénon II, son fils aîné, fut chassé de la Norwége, et Hardi Canut, son second fils, ne transmit pas à ses descendants le royaume d'Angleterre, qui revint aux princes de la race saxonne en même temps que Magnus Ier, roi de Norwége, s'emparait du Danemark où il domina jusqu'à 1047.—A l'exception de Waldemar Ier, qui régna de 1157 à 1182, fonda Dantzick et Copenhague, et donna de sages lois à ses peuples, l'histoire n'a rien de remarquable à enregistrer jusqu'en 1375, époque où Marguerite, fille de Valdemar IV, réunit les couronnes de Danemark, de Norwége et de Suède. — Les Suédois ayant appelé au trône Charles VIII, en 1448, le Danemark et la Norwége demeurèrent unis, et cette double couronne fut placée sur la tête de Christiern Ier, qui y réunit les duchés de Holstein et de Sleswig en 1459.—En 1520, Christiern II tenta de se rendre maître absolu de la Suède en faisant massacrer la noblesse de ce pays. Forcé de fuir devant les armées victorieuses de Gustave Wasa, il fut déposé et remplacé par Frédéric Ier, auquel succéda Christiern III, prince éclairé et protecteur des savants, qui introduisit le luthéranisme dans ses États.—Frédéric II fit avec succès la guerre à la Suède; il s'honora de l'amitié du célèbre astronome Tycho-Brahé, pour lequel il fit élever l'observatoire d'Uranisbourg. — Christiern IV, créateur de la marine danoise, fut un prince éclairé, que l'Allemagne élut chef de la ligue protestante, commandement périlleux auquel il renonça en 1629, et dont fut investi à cette époque Gustave-Adolphe. Sous son règne et sous celui de Frédéric III, le Danemark fut investi par les Suédois, qui lui enlevèrent plusieurs provinces et le forcèrent, conjointement avec les Hollandais, à conclure en 1660 la paix dite de Copenhague.

ANGLETERRE.—DE HENRI VI A CHARLES Ier (1422-1649).

Henri VI avait dix mois lorsque son père mourut en 1422. Il régna sous la tutelle du duc de Glocester, frère d'Edouard IV. Après la mort du duc de Bedford et l'expulsion des Anglais de la France, les maisons d'York et de Lancastre, divisées sous le nom de *Rose rouge* et de *Rose blanche*, se firent une guerre cruelle qui pendant trente années désola l'Angleterre. A la bataille de Saint-Alban, gagnée par le duc d'York, Henri VI, qui avait épousé Marguerite d'Anjou, fut fait prisonnier, et le duc de Glocester prit le titre de Protecteur. Le duc d'York ayant fait décider par le parlement la légitimité de ses droits à la couronne d'Angleterre, Marguerite leva en Ecosse une nombreuse armée et combattit à Wakefield le duc d'York, qui perdit la vie dans la mêlée. Son fils Edouard, héritier de ses droits, les fit valoir à la tête de ses partisans, gagna sur Marguerite la bataille de la croix Mortimer, força Henri VI de renoncer à la couronne, et se fit proclamer roi d'Angleterre par le parlement. Aidée du comte de Warwick, Marguerite leva une nouvelle armée, combattit les troupes d'Edouard, et fut battue à Towton et à Hexham; peu de temps après, les ducs de Clarence et Warwick reprirent l'offensive, s'avancèrent sur Londres, firent déclarer par le parlement Edouard usurpateur et replacèrent Henri VI sur le trône. Mais Warwick ayant été tué à la bataille de Barnet, et celle de Tewckesbury ayant rendu Edouard maître une seconde fois de l'autorité, il fit égorger Henri VI dans sa prison, et devint enfin seul possesseur du trône; il mourut en 1483, laissant la couronne à son fils Edouard V, qui ne lui survécut que peu de temps. Son oncle, le duc de Glocester, étant parvenu à se rendre maître de sa personne et de celle de son jeune frère, les fit jeter en prison, où ils furent égorgés par son ordre. Après ce crime odieux, le duc de Glocester se fit reconnaître roi d'Angleterre par le parlement sous le nom de Richard III. Il ne jouit pas longtemps toutefois du fruit de ses crimes.

Le duc de Richemont, ayant obtenu de Charles VIII, roi de France, un secours en hommes et en argent, passa en Angleterre et fit déclarer en sa faveur tout le pays de Galles ; Richard marcha à sa rencontre et fut tué le 22 août 1485 à la bataille de Bosworth. Richard III fut le dernier souverain de la branche des Plantagenets. Sa mort termina la guerre civile qui durait depuis si longtemps entre les maisons d'York et de Lancastre.

Henri VII, descendant des Lancastre par son mariage avec Elisabeth, fille d'Edouard IV, rallia aux mêmes principes les partisans de ces deux maisons. Il fut la tige des Tudors et gouverna avec éclat pendant 26 ans. — Henri VIII, né avec le génie, les talents et la fermeté propres à faire un grand roi, mourut souillé de tous les crimes qui caractérisent les tyrans. Il défit Jacques IV, roi d'Ecosse, et fit avec succès la guerre à la France. S'étant ligué avec l'empereur et avec le pape, il écrivit contre Luther, ce qui lui valut du pape le titre de Défenseur de la Foi. Mais, étant devenu épris d'Anne de Boleyn, il voulut faire prononcer par le Saint-Siége la nullité de son mariage avec Catherine d'Aragon, de laquelle il avait trois enfants, sous prétexte qu'elle avait été l'épouse de son frère. Le pape s'y étant refusé, il rompit avec Rome et se fit déclarer par le parlement chef de l'Eglise d'Angleterre, ce qui lui donnait droit sur les annates et les décimes qui étaient auparavant versés dans le trésor pontifical. Henri VIII jeta ainsi les fondements de la religion anglicane qui domine aujourd'hui en Angleterre. Le pape l'excommunia, ce qui ne l'épouvanta guère. Son mariage avec Anne de Boleyn fut conclu, et il fit avec elle son entrée à Londres avec une pompe et une magnificence inconnues jusque là. Henri, étant devenu amoureux de Jeanne Seymour, fit mettre en jugement Anne de Boleyn, qui passa du trône à l'échafaud. Jeanne Seymour, étant morte l'année suivante, fut remplacée par Anne de Clèves, qu'Henri chassa pour épouser Catherine Howard, dont la tête roula aussi sur l'échafaud. Ce monstre mourut tranquillement dans son lit, en 1547, en se vantant *de n'avoir épargné aucun homme dans sa colère, ni aucune femme dans ses désirs.*

Edouard VI, fils de Henri VIII, lui succéda à l'âge de dix ans et n'en régna que six. Il tenta d'établir le protestantisme dans tout le royaume et y parvint jusqu'à un certain point avec l'aide de Cramner.—Marie Tudor, fille de Henri VIII et de Catherine d'Aragon, succéda à Edouard VI, en 1553. Elle inaugura son règne en faisant tomber sur l'échafaud la tête de l'infortunée Jeanne Gray, que l'ambitieux Northumberland avait forcée à se laisser proclamer reine à Londres, où elle régna huit jours. Marie épousa Philippe II, roi d'Espagne ; malgré les promesses qu'elle avait faites de respecter toutes les opinions religieuses, elle tenta d'abolir la réforme en Angleterre, et persécuta avec fureur les protestants; par son ordre deux cent soixante-dix personnes au moins furent brûlées en moins de trois ans. Il est vrai que Philippe II et Charles IX en faisaient périr bien davantage ! (1558.)

Elisabeth, fille de Henri VIII et d'Anne de Boleyn, rendit dominante, aussitôt son avénement à la couronne, la religion anglicane telle qu'elle existe aujourd'hui, et se donna, pour elle et ses successeurs, le titre de Chef de la Religion. Son règne est regardé comme l'ère de la puissance et de la prospérité anglaise ; c'est à elle que l'Angleterre doit sa marine et la naissance de son commerce. Il faut dire cependant que la mort de Marie Stuart est une tache ineffaçable sur ce glorieux règne, qui finit en 1603.

Jacques Ier, fils de Marie Stuart, succéda à Elisabeth, régna sur l'Ecosse, l'Angleterre et l'Irlande, et prit le titre de roi de la Grande-Bretagne. Mauvais fils, il n'intervint en aucune manière dans le procès que l'on fit à sa mère, et n'eut le courage ni de s'opposer à son exécution, ni de la venger. Il mécontenta la nation en affectant une indépendance téméraire de toute espèce de contrôle national, cassa le parlement indocile à ses vues, en convoqua un nouveau qui ne craignit pas de lui résister, et où se formèrent les deux partis si connus des *torys* pour le roi et des *whigs* pour le peuple. C'est sous son règne qu'éclata la fameuse conspiration des poudres, qui avait pour objet de faire sauter le parlement et de rétablir sur ses ruines la religion catholique (1625).

Charles Ier avait vingt-cinq ans lorsqu'il monta sur le trône. Dans ses premières relations avec la chambre des communes, il lui signifia que si elle refusait les subsides dont la couronne avait besoin, il essaierait de suivre l'exemple de plusieurs princes de l'Europe, qui avaient su abolir les assemblées nationales; menace insolente, plus propre à exciter l'ardeur des patriotes qu'à les effrayer. Deux membres de la chambre des communes ayant été mis en prison, les communes déclarèrent que toutes affaires seraient suspendues jusqu'à la réparation de leurs priviléges, et obtinrent par cette fermeté un prompt élargissement des deux prisonniers. Emporté par la colère, le roi cassa le parlement et en convoqua un autre. En réponse à cet outrage, les communes abolirent le droit de tonnage et de pondage prélevé sur l'entrée et la sortie des marchandises, concédé de temps immémorial à la couronne. Le roi cassa une seconde fois le parlement et trouva toujours la même résistance; plus il s'obstinait à étendre les bornes de sa prérogative, plus les communes s'obstinèrent à la restreindre. Un troisième et un quatrième parlement furent cassés, et cette persistance dans la volonté royale eut pour résultat de faire décréter que le parlement ne pouvait être ni ajourné, ni prorogé, ni dissous sans le consentement des chambres. — Le ministre Strafford, qui exerçait une grande influence sur l'esprit de Charles Ier, fut mis en accusation par la chambre des pairs, qui porta contre lui un bill d'*attainder* et le condamna à mort. Le roi eut la faiblesse de permettre son exécution. Strafford marcha au supplice avec courage, tout en laissant percer sa douleur d'avoir été abandonné par le roi dans cette cruelle circonstance; ce qu'il témoigna par le passage de l'Ecriture qu'il récita avant de mourir : *Ne mettez pas votre confiance dans les princes ni dans les enfants des hommes, parce qu'il n'y a point de salut à espérer d'eux.* — Cependant la plupart des pairs tentèrent de s'opposer aux résolutions prises par les communes d'anéantir tout reste d'autorité arbitraire. Les communes osèrent leur faire entendre que, représentant le corps de la nation, elles pouvaient se passer de leur concours. Charles alors, poussé par la reine et par quelques-uns de ses familiers, se détermina brusquement à faire un coup d'État. Il envoya son procureur général à la chambre haute accuser le lord Kimbolton et cinq membres des communes, comme s'étant efforcés de détruire les lois fondamentales du royaume, d'anéantir le pouvoir royal, de soulever le peuple, etc., etc. La chambre refusa de livrer aucun de ses membres et fut approuvée par la population de Londres, qui fit retentir sur le passage du roi les cris de *Privilége du parlement, privilége!* Le roi quitta Londres et se retira à York. On l'invita à revenir dans la capitale ; il refusa, tout en protestant de ses bonnes intentions. Alors les communes nommèrent des gouverneurs pour les provinces auxquels elles donnèrent le commandement de la milice des garnisons et des forteresses, en les obligeant d'obéir aux ordres signifiés par les deux chambres. De part et d'autre on se prépara à la résistance, on leva des troupes. Le parlement reçut, à titre de prêt, des sommes considérables et quantité de vaisselle d'argent ; on se dépouilla à l'envi pour lui témoigner son zèle : les femmes de Londres, en particulier, sacrifièrent leurs bijoux les plus précieux. Une grande partie des pairs embrassèrent le parti du roi ; la plupart des grandes villes suivirent le parti contraire. Les Ecossais formèrent une ligue solennelle connue sous le nom de *covenant,* où l'on s'engageait à attaquer le *papisme*, l'*hérésie*, etc., et levèrent une armée de plus de vingt mille hommes pour secourir le parlement. La sanglante bataille de Marlson, gagnée par le brasseur Cromwell, porta le premier coup aux partisans du roi, qui furent entièrement défaits à la bataille de Naseby. Charles Ier, réduit à la dernière extrémité, s'enfuit en Ecosse, espérant y trouver un asile assuré. Le parlement voulait qu'on le livrât entre ses mains. Les Ecossais voulaient le garder pour caution des sommes qui leur étaient dues et qui montaient, selon leur calcul, à deux millions de livres sterlings. Quatre cent mille livres offertes par les Anglais, la moitié payable sur-le-champ, terminèrent la dispute. Bientôt une haute cour de justice est formée et se reconnaît le droit de juger le roi. Elle se compose de Cromwell, de Fairfax, d'Ireton et de cent quarante-sept autres juges. Le roi est amené devant ce redoutable tribunal. Harrison, procureur général, formule ainsi l'accusation : « Charles Stuart, ayant été reçu « roi d'Angleterre avec un pouvoir limité, voulant établir « un gouvernement tyrannique et illimité, a traîtreuse-« ment et méchamment fait la guerre au parlement et « à la nation que le parlement représente ; pour cela, il « est accusé comme traître, tyran, homicide, ennemi « déclaré et implacable de la république. » Charles répond qu'il ne reconnaît point ses sujets pour ses juges et refuse constamment de se soumettre à leur juridiction. La sentence fatale est prononcée, et, trois jours après, le roi a la tête tranchée sur la place de Whitehall, devant le palais même, le 10 février 1649.

ESPAGNE. — DE 412 A 1700.

Vers 412, Ataulphe, beau-frère d'Alaric, roi des Goths, s'établit en Espagne. Il eut pour successeurs Sigeric, Vallia, et ensuite Théodoric, roi des Visigoths ou Goths occidentaux, tué aux champs catalauniques ; Torismond, son fils, combattit Attila et fut tué l'année suivante. Après lui régnèrent Théodoric II, Evaric et Alaric, qui fut tué par Clovis à la bataille de Vouillé (484). L'histoire fait à peine mention de ses successeurs jusqu'à Witiza, dont les fils appelèrent en Espagne les Sarrasins, qui gagnèrent en 711 contre les Visigoths la fameuse bataille de Xérès, victoire qui fut suivie de la conquête de l'Espagne et de la Gaule méridionale. — En 718 commence la monarchie actuelle d'Espagne, dont les fondements furent jetés par don Pelage, élu roi de Léon et des

Asturies, qui régna dix-neuf ans et remporta des victoires continuelles sur les Sarrasins.—Favila, Alphonse-le-Catholique, Froïla, Aurèle, Silo, Mauregat, Bermude, Alphonse II, régnèrent de 727 à 842, époque où monta sur le trône don Ramire, qui défit les Maures dans deux batailles et chassa les Normands descendus en Espagne. Après lui régna Ordogno Ier, auquel succéda, en 866, Alphonse III, dit le Grand, prince lettré, célèbre par ses conquêtes, dont les quarante-quatre années de règne furent une suite non interrompue de victoires sur les Maures.—En 910, don Garcie, son fils aîné, lui ravit la couronne, qui échut quatre ans après à son frère Ordogno II, auquel succédèrent Froïla III en 923 et Alphonse IV en 924. A peine proclamé, Alphonse IV abdiqua en faveur de son frère Ramire II, qui régna vingt-trois ans et remporta sur les Maures la célèbre bataille de Simancas. En 963, sous Ramire III, Gonzalès se rendit indépendant dans la Castille, qui fut ensuite érigée en royaume. En 1037 Ferdinand Ier réunit les royaumes de Léon et de Castille; il fit de grandes conquêtes sur les Maures et régna vingt-huit ans. A la même époque Ramire Ier fondait le royaume d'Aragon.—A Ferdinand Ier succéda Sanche II, le Fort, qui dépouilla ses trois frères et mourut assassiné en 1070. Alphonse VI, second fils de Ferdinand, fut reconnu roi de Castille et de Léon en 1076, et, quelques années après, ajouta encore à son royaume celui de Navarre; les conquêtes qu'il fit avec l'aide du Cid sur les Maures lui valurent le nom de Grand.

Au douzième siècle, quatre royaumes chrétiens, la Castille, l'Aragon, la Navarre, le royaume de Léon et dix États musulmans se partageaient l'Espagne. Alphonse-le-Batailleur réunit sous son sceptre en 1109 les trois royaumes de Navarre, de Castille et d'Aragon. En 1139, le comte Alphonse Henriquez érigea en royaume le comté de Portugal et établit sa capitale à Lisbonne en 1147.—Dans le cours du douzième siècle, toute l'Espagne catholique se réunit contre les Maures Almohades, qui furent complétement défaits dans les plaines de Tolosa; leur puissance fut en partie détruite en 1213.—En 1233, le roi de Castille mit le siége devant Cordoue, qu'il emporta d'assaut, à la même époque où Jayme Ier, roi d'Aragon, s'emparait de Valence. Alphonse X, roi de Castille, surnommé le Sage, combattit avec succès les Maures en plusieurs rencontres, et mourut en 1284 du chagrin que lui causa la révolte de son fils Sanche IV.

Les guerres des rois d'Espagne contre les Maures continuèrent avec des succès divers pendant tout le cours du quinzième siècle. Sous Ferdinand-le-Catholique, qui réunit par son mariage avec Isabelle les royaumes de Castille et d'Aragon, la bataille de Loza en 1482 et la prise de Grenade en 1492 mirent fin pour jamais à leur domination. L'année même de la prise de Grenade, Christophe Colomb obtint de Ferdinand et d'Isabelle trois vaisseaux avec lesquels il découvrit l'Amérique le 8 octobre, après soixante-cinq jours de navigation.— Après la mort de la fille d'Isabelle, en 1510, les droits de Jeanne-la-Folle, sa fille, mariée à l'archiduc Philippe d'Autriche, passèrent à son fils Charles, depuis Charles-Quint, dont il a été question plus haut (page 6, Empire d'Allemagne), et auquel succéda Philippe II, prince atrabilaire et féroce, qui réunit les couronnes d'Espagne, de Naples et de Sicile à celle d'Angleterre par son mariage avec Marie, fille de Henri VIII ; il s'empara du Portugal et finit par ne dominer que sur des ruines. Après avoir fait brûler à petit feu tous les Espagnols et tous les Italiens soupçonnés d'hérésie, il tourna sa fureur contre les protestants des Provinces-Unies, qui secouèrent le joug de son atroce domination, et mourut après avoir régné quarante-trois ans (1598).—Philippe III régna vingt-trois ans, ou plutôt laissa régner sous son nom le duc de Lerme ; il soutint contre la Hollande une longue guerre, qui se termina par la reconnaissance de l'indépendance de cette république. Sous Philippe IV, l'Espagne, gouvernée pendant quarante-quatre ans par des favoris, soutint une guerre humiliante contre la France et perdit le Portugal (1665). Sa fille, Marie-Thérèse, épousa le roi de France Louis XIV en 1659. Charles II, prince plus indolent et plus faible encore que ses deux prédécesseurs, fut le dernier monarque espagnol de la branche autrichienne (1700).

PORTUGAL. — D'ALPHONSE HENRIQUEZ A PHILIPPE II (1139-1595).

Le Portugal, nommé autrefois Lusitanie, fut une province de la monarchie des Goths jusqu'à l'invasion des Maures, auxquels l'enlevèrent les rois de Castille. En 1139, Alphonse Henriquez érigea le comté de Portugal en royaume, après avoir vaincu dans les plaines d'Aurique cinq rois maures, qui s'étaient ligués contre lui. Ses successeurs immédiats furent Sanche Ier, Alphonse II, Sanche II, Alphonse III, Denis-le-Libéral et Alphonse IV, auquel succéda en 1357 Pierre-le-Justicier, qui commença son règne par faire punir les meurtriers d'Inès de Castro. —Ferdinand, Jean Ier, Edouard, Alphonse V et Jean II, régnèrent successivement de 1367 à 1495. —Sous Emmanuel Ier, Vasco de Gama doubla le cap de Bonne-Espérance et montra pour la première fois dans l'Inde des vaisseaux européens. Le règne de Jean III n'est remarquable que par deux institutions qui préparèrent la ruine de ses Etats, l'établissement de l'inquisition en 1526 et celui des jésuites en 1540.

Sébastien succéda à Jean III en 1557. Il fit pendant quelque temps la guerre avec succès aux Maures d'Afrique; mais il fut défait et tué dans la mêlée à la bataille d'Alcazar-Quivir en 1578. Le cardinal Henri, son grand-oncle, lui succéda et mourut deux ans après. Philippe II, roi d'Espagne, qui avait épousé la nièce de Henri, s'empara du Portugal en 1580, au préjudice d'Antoine, petit-fils d'Emmanuel, qui fut forcé de s'expatrier et mourut à Paris en 1595.

SUISSE. — DEPUIS LA PREMIÈRE CONFÉDÉRATION JUSQU'EN 1814.

Au centre à peu près de la Suisse est situé un lac formé par la Reuss et nommé Waldstœtter-Sée. Autour de ce lac, resserré par des montagnes élevées qui lui donnent un contour fort irrégulier, sont placés les trois pays ou cantons de Schwitz à l'orient, d'Uri au midi et d'Underwalden au couchant. Les habitants de ces cantons, dès longtemps étroitement unis ensemble, se liguèrent souvent dans les temps de troubles pour s'aider de leurs secours réciproques contre des adversaires dangereux. Par leur union et leur vigilance, ces peuples prévinrent de bonne heure le danger d'une domination particulière qui cherchait à les asservir; c'est ainsi qu'en 1291 ils s'unirent par un traité à peu près semblable à celui qui servit depuis de modèle à la confédération helvétique.—Albert, fils de l'empereur d'Autriche Rodolphe de Habsbourg, dont ils dépendaient en quelque sorte comme faisant partie du corps germanique, leur donna à dessein pour juges des hommes propres à lasser leur longanimité et à les pousser à la révolte. Gessler, un de ces baillifs, ayant outragé un nommé Werner, du canton de Schwitz, ce dernier forma, de concert avec Walter Furst, d'Uri, et Arnold de Melchthal, d'Underwalden, le généreux projet de briser le joug commun. Ils associèrent ensuite secrètement d'autres amis au serment par lequel ils s'étaient liés. Sur ces entrefaites, Guillaume Tell immola le baillif Gessler à sa juste vengeance.

Le premier jour de l'an 1308, les confédérés se saisirent sans coup férir des tyrans et de leurs satellites, et les expulsèrent du pays en leur faisant promettre par serment de ne rentrer jamais sur le territoire des trois cantons. En 1315, pour punir ce qu'il considérait comme un acte de rébellion, le duc Léopold d'Autriche assembla une nombreuse cavalerie, et, ne prévoyant aucune résistance, s'engagea imprudemment dans un passage étroit, entre un petit lac, Egeri-Sée, et une montagne rapide, dans un lieu nommé Morgarten. Quatorze cents paysans suisses attendaient à l'issue du passage ces cavaliers nombreux et bien cuirassés, tandis que cent cinquante de leurs partisans étaient postés sur une hauteur qui commandait le chemin. Ceux-ci, à un signal donné, précipitèrent des arbres et des rochers sur les cavaliers ennemis, et les jetèrent dans un si grand désordre que les confédérés qui les chargeaient de front n'eurent que la peine de les assommer à coups de hallebardes. Un si grand succès donna aux peuples environnants de la confiance dans leur force. Les trois cantons se lièrent par une union perpétuelle pour leur défense. Louis de Bavière, compétiteur de Frédéric d'Autriche pour la couronne impériale, approuva cette union et prit le pays sous sa protection particulière. L'union perpétuelle de ces trois pays devint ainsi, par le fait et l'exemple, l'origine de la ligue des Suisses, et servit de base à tous les traités postérieurs de l'association helvétique.—En moins de quarante ans, cinq autres cantons accédèrent à ce traité, et cette première confédération de huit cantons a subsisté pendant cent quarante ans.—La paix de Westphalie reconnut définitivement et garantit l'indépendance de la confédération suisse, composée alors des treize cantons de Zurich, Berne, Lucerne, Uri, Schwitz, Underwalden, Zug, Glaris, Bâle, Fribourg, Soleure, Schaffouse et Appenzell. Cette organisation s'est maintenue jusqu'en 1798. A cette époque, la Suisse se soumit aux lois de la France victorieuse et reçut une nouvelle constitution. Le nombre des cantons fut porté à dix-neuf, chacun eut son gouvernement et ses lois, et Napoléon fut déclaré médiateur de la confédération.— La Suisse garda la neutralité au milieu de la grande lutte européenne; mais en 1813 les puissances étrangères violèrent son territoire pour pénétrer en France. Le congrès de Vienne ajouta au territoire des cantons suisses ceux du Valais, de Neufchatel et de Genève; ce qui a porté le nombre des cantons à vingt-deux.

TURQUIE. — DE 1640 A 1849.

Après la mort d'Amurat IV, en 1640, Ibrahim fut tiré de prison et lui succéda. Son inaction et sa faiblesse ayant indisposé les janissaires, ils le déposèrent et le firent étrangler en 1648.—Mahomet IV fit la guerre aux Vénitiens et s'empara de l'île de Candie, après deux ans d'un siége où les Turcs perdirent deux cent mille hommes. Il pénétra ensuite en Pologne, prit l'Ukraine, la Volhynie, la Podolie, força les Polonais à faire la paix et leur imposa un tribut annuel de vingt mille écus. Sobieski ne voulut pas ratifier ce honteux traité, et vengea sa nation l'année suivante par la défaite de l'armée ennemie.—En 1683, Kara-Mustapha, vizir de Mahomet, secondé par les Hongrois, vint mettre le siége devant Vienne, qu'il aurait infailliblement emportée sans la valeur de Sobieski. Après la bataille de Mohacz, gagnée sur les Turcs par le prince Charles de Lorraine, Mahomet fut déposé en 1685 par les janissaires, qui mirent sur le trône son frère Soliman III, auquel succédèrent Achmet II et Achmet III, qui furent l'un et l'autre déposés en 1703 et en 1730. Ce fut Achmet III qui refusa à Charles XII, retiré à Bender, le secours qu'il demandait pour venger les désastres de Pultawa.—Mahomet V fut en guerre avec la Perse, qui lui enleva l'Arménie et la Géorgie; mais il força l'empereur Charles VI à lui céder Belgrade, la Servie et la Valachie.—Mustapha III monta sur le trône en 1757, et fut presque constamment en guerre avec la Russie à l'occasion des troubles de la Pologne. Il fut remplacé en 1774 par Achmet IV, auquel succéda Selim III en 1789. Sous son règne, les Français s'emparèrent de l'Égypte, qui tomba, après leur départ, sous la domination du pacha Méhémet-Ali. Selim, ayant voulu opérer quelques réformes dans son empire, fut déposé en 1807 et rempalcé par Mahmoud II, qui fit exécuter avec fermeté les réformes commencées par son prédécesseur, et que continue son fils et son successeur Abdul-Medjid.

ALLEMAGNE. — DE 1637 A 1805. — FIN DE L'EMPIRE GERMANIQUE.

Ferdinand III soutint les entreprises commencées par Ferdinand II, mais il fut forcé d'accéder au traité de Munster, événement le plus important des vingt années de son règne.

La mort de Ferdinand III fut suivie d'un interrègne de quinze mois, les électeurs n'ayant pu s'entendre sur le choix de celui qui devait le remplacer. Ils élurent enfin Léopold Ier, roi de Hongrie et de Bohême, dont le règne fut remarquable par les victoires de Saint-Gothard et de Vienne remportées sur les Turcs, par la guerre désavantageuse qu'il soutint contre Louis XIV, par la fameuse ligue d'Augsbourg, et enfin par la guerre au sujet de la succession d'Espagne. Ce prince, secondé par d'habiles ministres, raffermit l'autorité impériale, affaiblie par le traité de Munster.

Joseph Ier, aidé du prince Eugène et du célèbre Marlborough, remporta de grands avantages sur les Français. Sous son règne, qui ne dura que six ans, les troubles de la Hongrie furent apaisés par le traité de Zulmar, conclu en 1711.

Charles VI fut élu empereur peu après avoir été forcé de renoncer au royaume d'Espagne. Il refusa d'acquiescer aux conditions de la paix d'Utrecht, qui augmenta considérablement la puissance de la maison d'Autriche, et reconnut Frédéric-Guillaume roi de Prusse; mais il fut obligé de conclure la paix de Rastadt, qui assurait à la France la possession de l'Alsace et des Trois évêchés, et confirmait une partie des articles de la paix d'Utrecht.—Charles VI soutint une longue guerre contre les Turcs, sur lesquels il gagna la bataille de Péterwaradin. Il mourut en 1740; en lui s'éteignit la maison d'Autriche d'Allemagne, déjà éteinte dans la branche d'Espagne par la mort de Charles II.

La mort de Charles VI fut la cause de la guerre de la succession d'Autriche. Charles VI n'ayant point laissé d'enfants mâles, la pragmatique-sanction assurait la succession à sa fille, Marie-Thérèse, épouse de François de Lorraine, duc de Toscane, au préjudice des filles de Joseph Ier, frère de Charles VI, mort comme lui sans enfants mâles. L'électeur de Bavière fut élu empereur et prit le nom de Charles VII, soutenu par les armes de la France, qui se déclara contre Marie-Thérèse et remporta dans cette guerre la célèbre victoire de Fontenoy. Frédéric-Guillaume profita de la dispute des prétendants pour s'emparer de la Silésie. Marie-Thérèse fit revivre ses prétentions à la mort de Charles VII. Les Français, secondés par les Génois, par le roi de Naples et par les Espagnols, portèrent la guerre en Italie et établirent l'infant don Philippe dans les duchés de Milan, de Parme et de Plaisance; mais les renforts que reçut Marie-Thérèse, la destruction de la marine de la France et la perte de ses colonies, forcèrent cette dernière à se retirer. Marie-Thérèse fut reconnue impératrice, ainsi que son époux, François de Lorraine, et fonda la nouvelle maison impériale autrichienne. Peu après commença la lutte de Marie-Thérèse et du roi de Prusse, qui se termina en 1763 par la paix de Hubertsbourg, sous son fils Joseph II. Marie-Thérèse conserva l'autorité jusqu'à sa mort, arrivée en 1780. Très-peu de souverains ont réuni au même degré que Joseph II l'amour de l'ordre et de la justice, le désir du bien public, la haine des abus, l'activité et l'étendue des connaissances (1789).

Léopold Ier qui lui succéda fit, conjointement avec Catherine II, impératrice de Russie, la paix avec les Turcs, signée à Reichenbach le 27 juillet 1790 ; la même année, il signa avec le roi de Prusse la fameuse déclaration de Pilnitz, et entraîna l'Autriche dans la coalition formée contre la France en 1792. Quelques jours après, la mort l'enleva à l'âge de quarante-quatre ans.

Sous François II, l'Autriche persista à faire partie de la coalition contre la France et devint un vaste champ de bataille. Les conquêtes des Français amenèrent la paix de Campo-Formio, où l'Autriche perdit la Belgique et la Lombardie, et gagna la république de Venise. A la paix de Lunéville, l'empire germanique perdit toute la rive gauche du Rhin. Après la victoire d'Austerlitz, François II perdit le titre d'empereur d'Allemagne et prit le titre d'empereur d'Autriche : l'empire germanique avait cessé d'exister.

RUSSIE. — D'ALEXIS MIKAILOWITCH A NICOLAS Ier.

Alexis Mikaïlowitch, successeur de Michel Romanow, remporta de grands avantages sur les Polonais. Il favorisa le commerce, fit établir des manufactures, peupla plusieurs déserts de colonies d'étrangers, bâtit des villes, augmenta et embellit Moscou (1676).

Fœdor II jeta les bases solides d'une régénération politique que ses infirmités corporelles et sa courte existence ne lui permirent pas d'accomplir. Il purgea son empire naissant des privilégiés qui jouissaient par droit d'héritage de tous les emplois et de toutes les faveurs; ayant assemblé tous les nobles, il leur ordonna de se rendre près de lui avec tous leurs titres généalogiques et autres qu'il jeta au feu, annonçant que désormais les prérogatives ne seraient accordées qu'au seul mérite et à la capacité. Avant de mourir, Fœdor II intervertit l'ordre de succession en désignant pour régner après lui son jeune frère Pierre, au préjudice d'Iwan, qui était l'aîné, mais qui était épileptique et presque aveugle (1682).

Pierre Ier et Iwan. — Les strélitz, poussés par la princesse Sophie, qui espérait régner sous un frère imbécile, s'opposèrent à la nomination de Pierre et massacrèrent tous ses partisans. L'ordre se rétablit cependant, et pendant quelque temps Pierre, Iwan et Sophie gouvernèrent conjointement; mais Sophie, ayant eu de nouveau recours aux strélitz pour se débarrasser de Pierre, fut arrêtée, jetée dans un couvent, et peu après (1696), la mort d'Iwan laissa Pierre Ier seul possesseur de l'empire, qu'il tira de la barbarie, de l'ignorance, et qu'il porta à un haut degré de puissance. Il fit venir des officiers étrangers pour discipliner son armée, où il servit lui-même comme tambour et comme soldat. Il parcourut l'Angleterre et la Hollande pour s'instruire dans l'art de la navigation, et travailla dans les ateliers de Saardam en qualité de simple charpentier. Dès 1700 il avait réuni des forces considérables, et ses grands projets se développaient. Il fonda et bâtit la ville de Saint-Pétersbourg en 1703. Il envoya sa noblesse dans les pays étrangers pour s'y instruire dans les sciences et y adoucir ses mœurs. Il attira chez lui des savants de toutes les nations. Pierre Ier, ayant fait alliance avec Auguste, roi de Pologne, déclara la guerre à Charles XII, roi de Suède. Dans l'origine ses armes furent malheureuses; mais il s'en consolait en disant : « Ils m'apprendront à vaincre. » En effet, il remporta à Pultawa, en 1709, une victoire complète sur les Suédois.

Pierre Ier, surnommé le Grand, mourut le 28 janvier 1725, âgé seulement de cinquante-trois ans, avec la réputation d'un des plus grands princes qui aient paru dans le monde, suivant les uns; suivant d'autres, laissant plutôt la réputation d'un homme extraordinaire que d'un grand homme, et couvrant les cruautés d'un tyran des dehors d'un législateur. Ce dernier portrait paraît le plus véritable. Voltaire, qui a écrit sa vie, le peint sous des couleurs trop favorables et pallie ses cruautés; mais, dans son histoire de Charles XII, il l'appelle moitié héros, moitié tigre, et avoue qu'il a été de ses propres mains l'exécuteur de ses sentences sur plusieurs criminels d'État.

Une révolte qui éclata parmi les strélitz lui fournit l'occasion de débarrasser la Russie de ces soldats dangereux; deux mille d'entre eux passèrent par la main du bourreau; leurs chefs furent rompus vifs, les femmes complices enterrées vivantes; la plupart furent pendus aux portes de la ville, les autres eurent la tête tranchée. Ceux qui échappèrent aux supplices furent dispersés en Sibérie. Pierre effaça jusqu'à leur nom et confia la garde de sa personne à un corps de cadets.

Catherine Ire, épouse de Pierre-le-Grand, lui succéda au trône, et continua le plan de réformes et d'améliorations qu'il avait commencé. Sa destinée fut singulière : née de parents pauvres qu'elle avait perdus dans sa jeunesse, elle trouva asile chez un curé de village, à la mort duquel elle partit pour Mariembourg, où elle épousa un soldat suédois, qui, dit-on, fut tué le jour même de son mariage. Mariembourg ayant été pris d'assaut par les Russes, le général Baüer devint épris de la beauté de Catherine ; le prince Menzikoff, sur qui elle fit la même impression, la plaça auprès de sa sœur, et ce fut là qu'elle attira l'attention de l'empereur, qui en devint amoureux et l'épousa secrètement en 1712. — Douée d'une grandeur d'âme et d'une fermeté peu communes, Catherine se distingua encore par une rare habileté. Dans la malheureuse affaire du Pruth, au moment où les Russes allaient être enveloppés par les Turcs, elle sut gagner le grand-vizir à force de promesses et d'argent et délivra l'empereur du plus grand danger qu'il eût jamais couru. Elle mourut le 27 mai 1727, âgée de trente-huit ans.

Pierre II, petit-fils de Pierre-le-Grand, régna trois ans. Avec lui s'éteignit la ligne masculine de la maison de Romanow (1730).

Anne Iwanowna, veuve du duc de Courlande, le remplaça. Elle remporta de grands avantages sur les Tartares et fut dominée pendant tout son règne par son ministre Biren, exécré des Russes, dont il avait exilé ou fait périr plus de dix mille familles.

Iwan VI succéda à Anne Iwanowna en 1740. Il fut détrôné au bout de quinze mois par Elisabeth, fille cadette de Pierre Ier, et fut enfermé dans une prison, où il périt assassiné en 1764.

Elisabeth Petrowna fit la guerre avec succès contre la Suède et contre le grand Frédéric. Elle joignit le goût du plaisir à la dévotion, et ne souffrit pas qu'on infligeât la peine de mort sous son règne. On lui reproche toutefois d'avoir soumis à la peine du knout, sur la grande place de Saint-Pétersbourg, les comtesses Bertuchef et Lapoukin, et de leur avoir fait couper la langue en haine de leur beauté, et sous le prétexte qu'elles avaient parlé d'elle indiscrètement (1762).

Pierre III, né duc de Holstein-Gottorp, dont le règne ne fut que de six mois, abolit dans ce court espace de temps la chancellerie secrète, espèce d'inquisition créée par Pierre Ier, ôta au clergé les immenses biens dont il jouissait, et permit aux nobles de prendre du service à l'étranger. Ses folies et ses débauches, jointes à la préférence qu'il montrait pour les officiers du Holstein, le rendirent méprisable et favorisèrent l'ambition de son épouse, qui le détrôna le 9 juillet 1762.

Catherine II, fille de Christian d'Anhalt-Zerbst, épousa à l'âge de quatorze ans le duc de Holstein-Gottorp, alors grand-duc de Russie. Ce prince n'avait ni dans sa personne ni dans son esprit de quoi plaire à une femme telle que Catherine. Pierre prit une maîtresse, et Catherine distingua le comte Poniatowski, jeune seigneur polonais. L'impératrice Elisabeth étant morte, le grand-duc monta sur le trône sous le nom de Pierre III ; il se disposait à se débarrasser de Catherine, lorsqu'elle le prévint en le faisant arrêter lui-même. Elle l'obligea de signer sa renonciation à la couronne et le fit enfermer dans le château de Robscha, où on le trouva mort trois jours après. Ce trépas fut suivi de celui du prince Iwan, petit-neveu de Pierre-le-Grand. — Catherine, déclarée impératrice, reçut le serment de ses sujets et força les Polonais à élire le comte Poniatowski pour roi. Elle eut deux passions qui ne la quittèrent qu'au tombeau : l'amour et la gloire. Aussi intelligente dans son travail de réformes qu'heureuse dans les guerres qu'elle entreprit, elle poliça les Russes, vainquit les Turcs, anéantit leur marine à Tchesmé, souleva contre eux la Grèce, conquit la Crimée, acquit la libre navigation sur la mer Noire et sur le Danube. Elle avait formé le projet de chasser les Turcs de l'Europe et de se faire couronner impératrice d'Orient à Constantinople : mais la politique des autres cours européennes y mit obstacle en la forçant de faire la paix avec les Turcs en 1792. C'est sous son règne que s'opéra le démembrement de la Pologne, dont elle s'adjugea la plus grande partie. — La Russie doit à Catherine de nombreux établissements ; elle fit creuser des canaux, encouragea le commerce et les sciences, fonda des hôpitaux, établit des écoles en tout genre pour l'instruction de ses sujets, et rendit la justice régulière et à l'abri de la corruption, en augmentant le traitement des magistrats. Elle fut magnifique envers les gens de lettres, entretint une correspondance célèbre avec Voltaire, qui poussa la flatterie envers elle jusqu'à lui décerner le titre de Sémiramis du Nord. Pour détruire les préjugés sur l'inoculation, elle s'y soumit elle-même, et récompensa libéralement les médecins anglais qu'elle avait appelés à Saint-Pétersbourg. Catherine mourut d'une apoplexie foudroyante, le 9 novembre 1796.

Paul Ier, que sa mère avait constamment éloigné d'elle, sembla vouloir défaire tout ce qu'elle avait fait. On crut pendant un instant qu'il rétablirait l'indépendance de la Pologne; il rappela de Sibérie le brave Kosciusko et lui rendit la liberté. — Paul Ier embrassa d'abord avec chaleur la cause des puissances coalisées contre la France, s'allia avec l'Autriche et l'Angleterre pour renverser la République, et envoya en Italie une armée considérable sous les ordres de Souwarow, qui pénétra en Italie. Paul, qui s'était jeté dans cette guerre par une inspiration de fol enthousiasme, ayant vu son armée repoussée par Moreau et humiliée par Masséna, en conçut un vif ressentiment contre ses alliés, et surtout contre l'Autriche. On lui avait persuadé que celle-ci était la cause unique de ce malheur, car ses soldats devant, en vertu d'un mouvement convenu, se porter sur le Rhin et céder la Suisse aux Russes, avaient abandonné trop tôt la position de Zurich, laissé Korsakoff exposé seul aux coups de Masséna qui, vainqueur de Korsakoff, avait eu ensuite bon marché de Souwarow. Paul Ier vit là un acte de mauvais allié, peut-être une perfidie. Sa défiance une fois excitée, tout lui parut sous un jour fâcheux, et il n'hésita pas à former, de concert avec le général Bonaparte, cette fameuse ligue du Nord qui, si elle eût été maintenue, pouvait écraser l'Angleterre. Ses relations avec la France ne furent pas toutefois sans difficulté; par suite de son orgueil excessif, il voulait dicter lui-même les conditions de la France avec la Baviere, le Wurtemberg, le Piémont et les Deux-Siciles, états dont il se regardait comme le protecteur ; du reste, ce qui pouvait paraître exagéré dans ses prétentions était un singulier symptôme du progrès de l'ambition russe. En effet, il y avait à peine quatre-vingts ans que Pierre-le-Grand, attirant pour la première fois l'attention de l'Europe, se bornait à vouloir influer sur le continent en luttant contre Charles XII pour faire un roi de Pologne. Quarante ans après, la Russie, portant déjà son ambition en Allemagne, luttait contre Frédéric avec l'Autriche et la France, pour empêcher la formation de la puissance prussienne. Quelques années plus tard, en 1772, elle partageait la Pologne. En 1778, elle faisait un pas de plus, et réglant, de moitié avec la France, les affaires allemandes, elle interposait sa médiation entre la Prusse et l'Autriche. Enfin, avant que le siècle fût révolu, en 1799, elle envoyait cent mille Russes en Italie, non pour une question de territoire, mais pour une question morale, pour la conservation, disait-elle, de l'équilibre européen. Jamais, en si peu d'années, un tel agrandissement d'influence n'était échu à une même puissance. — La mort tragique de Paul Ier, qui fut assassiné dans son lit par les ordres ou tout au moins avec l'assentiment de son fils Alexandre, vint arrêter les préparatifs que, de concert avec la France, il faisait contre les Anglais, et changer la politique de l'Europe (1801).

Alexandre Ier monta sur le trône le 24 juillet 1801. Il entra en 1805 dans la coalition des souverains étrangers contre la France, se mit à la tête de l'armée russe, qui n'arriva sur le théâtre de la guerre que lorsque l'armée française, après avoir battu l'Autriche, s'était rendue maîtresse de Vienne. Après la jonction des Russes avec les restes de l'armée autrichienne dans la Moravie, les Russes et les Autrichiens attaquèrent Napoléon, qui les défit le 2 décembre 1805 dans les plaines d'Austerlitz. Alexandre se retira sur la Prusse, qu'il entraîna dans une nouvelle guerre, où Russes et Prussiens furent défaits à Eylau et à Friedland. Alexandre conclut alors avec Napoléon la paix de Tilsitt, et s'engagea à maintenir rigoureusement le blocus continental. La mésintelligence ayant de nouveau éclaté entre Alexandre et Napoléon au sujet de ce même système continental, Napoléon déclara la guerre à la Russie en 1812 et poursuivit l'armée russe jusqu'au delà de Moscou. Les suites désastreuses de cette campagne attirèrent sur la France les armées de toutes les puissances de l'Europe, et la forcèrent à faire la guerre sur son propre territoire, où l'armée russe combattit en première ligne. Après les traités de 1814 et de 1815, l'empereur Alexandre rentra en Russie avec son armée et s'occupa d'une nouvelle organisation de son empire, dont le sort des habitants a été sensiblement amélioré sous son règne, bien que sous le rapport de la civilisation et de la liberté ce peuple occupe et doive occuper sans doute encore longtemps le dernier degré de l'échelle européenne. L'empereur Alexandre est mort presque subitement, d'autres disent violemment, à Tangarock en 1825. Le grand-duc Constantin, son frère aîné, qui avait épousé une Polonaise, ayant par ce mariage renoncé au trône, Nicolas, second frère d'Alexandre, lui succéda sous le nom de Nicolas Ier et règne encore aujourd'hui.

POLOGNE. — DE 1648 A 1830.

Jean Casimir, fils de Sigismond III et frère de Wladislas, succéda à ce dernier en 1648. Destiné à l'Église, il se fit jésuite et devint cardinal. A la mort de Wladislas, il quitta le chapeau, obtint la permission d'épouser la veuve de son frère et prit la couronne. Il fut défait par Charles-Gustave, roi de Suède, qui envahit la Pologne d'un côté, pendant que les Russes la dévastaient d'un autre. Mais ensuite, assisté de l'empereur Léopold, il remporta à son tour une grande victoire sur Gustave, et fit la paix avec son successeur en 1660. Cette paix fit perdre à la Pologne sa suzeraineté sur la Prusse et en même temps une portion de la Livonie, qui fut cédée à la Suède. L'année suivante, il défit les Moscovites en Lithuanie. — Jean Casimir, de retour à Varsovie, oublia les services des

Polonais et se vengea sur eux des pertes qu'il avait faites. Casimir, qui de prêtre était devenu roi, de roi redevint prêtre. Il abdiqua la couronne et partit pour la France, où il devint abbé de Saint-Germain-des-Prés. — Sous son règne commença la décadence de la Pologne, qui cessa de compter au nombre des puissances de premier ordre; elle perdit la Livonie, Smolensk, Czernichow, une grande partie de l'Ukraine; les provinces prussiennes se détachèrent; les Tatars et les Cosaques emmenèrent plus de 800,000 hommes.

Michel Koributh Wismowieski fut tiré d'un monastère pour le remplacer. Ce prince incapable conclut avec la Porte un traité honteux, par lequel il s'engageait à payer aux Turcs un tribut annuel de cent mille ducats. Heureusement, la Pologne avait pour grand-maréchal le valeureux Sobieski, qui fit désavouer par une Diète ce honteux traité, remporta sur les Turcs la célèbre bataille de Choczim et fit ensuite de grandes conquêtes sur les Cosaques et sur les Tatars. Michel Koributh mourut, dit-on, de chagrin en 1674.

Jean Sobieski succéda à Michel Koributh sous le nom de Jean III. Ses victoires sur les Turcs, les Cosaques et les Tatars lui méritèrent la couronne, qu'il illustra comme roi par sa valeur. L'Europe lui doit d'avoir été délivrée de l'envahissement des Turcs, qui, au nombre de trois cent mille hommes, assiégèrent Vienne et étaient sur le point de s'en emparer, lorsque Sobieski, à la tête de soixante-quatre mille hommes seulement, leur livra bataille et les mit en déroute.—Sobieski avait autant d'esprit que de bravoure, et parlait toutes les langues de l'Europe; il mourut en 1696, regretté des gens de lettres dont il était le protecteur. Sa mort fut suivie d'un interrègne de plus de deux ans, pendant lesquels se commirent d'affreux désordres.

Frédéric-Auguste, premier Électeur de Saxe, fut élu roi de Pologne, malgré les grandes qualités de son concurrent, le prince de Conti, que secondèrent inutilement l'éloquence et les négociations de l'abbé de Polignac.

Auguste avait acheté la moitié des suffrages de la noblesse polonaise, et forcé l'autre par l'approche d'une armée saxonne. Il crut avoir besoin de ses troupes pour se mieux affermir sur le trône ; mais comme il fallait un prétexte pour les retenir en Pologne, il les destina à attaquer le roi de Suède en Livonie, belle et fertile province dont les Russes, les Polonais et les Suédois s'étaient longtemps disputé la possession, et qui était enfin restée à la Suède par la paix d'Oliva. — Frédéric crut par son irruption en Livonie plaire à la Pologne et affermir son pouvoir, il se trompa. Le cardinal Radjouski, primat du royaume et président de la Diète, intrigua pour le faire remplacer sur le trône par le fils de Jean Sobieski, pour lequel prit parti le roi de Suède, Charles XII, qui entra en Pologne à la tête d'une armée de douze mille hommes. Frédéric-Auguste se porta à sa rencontre vers Cracovie avec une armée de vingt mille hommes. Une affaire sérieuse s'engagea, Charles XII fut vainqueur, et Frédéric-Auguste, obligé de prendre la fuite, abandonna aux Suédois son camp, ses drapeaux, son artillerie et sa caisse militaire. Charles XII s'empara ensuite des principales villes de la Pologne, qu'Auguste essaya vainement de défendre. La prise d'Elbing détermina la Diète à déclarer, le 14 février 1704, Auguste, électeur de Saxe, inhabile à porter la couronne de Pologne. La volonté du roi de Suède était de faire nommer roi Jean Sobieski, qui résidait avec son frère dans les environs de Breslau ; mais un jour qu'ils étaient à la chasse, trente cavaliers saxons, envoyés secrètement par Auguste, entourèrent les deux princes, les enlevèrent sans résistance, et, au moyen de relais préparés à l'avance, les conduisirent à Leipzik, où ils furent enfermés étroitement. Charles XII intima alors à la Diète l'ordre de nommer Stanislas Leczinski, qui fut élu roi de Pologne le 12 juillet 1704. Mais la bataille de Pultawa, en le privant de l'appui de son chevaleresque protecteur, fit perdre à ce roi un pouvoir qu'il n'avait pas convoité. — Auguste remonta sur le trône et traita la Pologne en pays conquis ; pendant son règne, il lui fallut presque toujours ou combattre ses sujets ou traiter avec eux : il ne fut pas un moment tranquille jusqu'à sa mort, qui le délivra des soucis du gouvernement en 1733.

La Russie, aidée des Impériaux et des Saxons, fit élever au trône de Pologne Auguste II, dont l'orgueil et l'indolence contribuèrent puissamment à la ruine de la nation polonaise. Pendant son long règne, il se livra exclusivement à la passion de la chasse, abandonna les rênes du gouvernement au comte de Bruhl, et mourut en 1763.

Stanislas-Auguste Poniatowski fut élu par l'influence de l'impératrice Catherine de Russie. Sous son règne, le système républicain fut remplacé par le système monarchique. Les Polonais se soulevèrent, se divisèrent, et il s'établit entre eux une lutte terrible, qui se continua pendant cinq ans et n'amena aucun résultat. En 1771, la Diète, dont la plus grande partie des membres étaient vendus à l'étranger, décréta le démembrement : Witepsk, Polosk, Mcislaw et plusieurs villes furent données à la Russie; une partie considérable de la grande Pologne passa à la Prusse; l'Autriche mit la main sur la Russie rouge, sur une partie de la Podolie et de la petite Pologne. Quelques hommes énergiques, patriotes zélés, résolurent d'affranchir la Pologne par une insurrection générale. Kosciusko se mit à leur tête, battit les armées russes à plusieurs reprises; mais, abandonné par la noblesse, après de nombreux traits d'héroïsme, il fut blessé sur le champ de bataille, fait prisonnier par les Russes et envoyé en Sibérie; les Russes après avoir pris Praga, dont ils massacrèrent les habitants, entrèrent à Varsovie. Un troisième et définitif partage entre la Russie, la Prusse et l'Autriche suivit la défaite des armées insurrectionnelles.

Sous l'Empire, une lueur d'indépendance brilla pour la Pologne, après le traité de Tilsitt, par la création du grand-duché de Varsovie, dont le territoire fut augmenté de la nouvelle Gallicie, de Zamosc et des salines de Wieliczka, reprises à l'Autriche en 1809.—Après la chute de Napoléon, l'empereur Alexandre fut nommé roi de Pologne, en joignant à la Russie le grand-duché de Varsovie. La ville de Cracovie et ses alentours fut proclamée une république; l'Autriche prit la Gallicie, et la Prusse le duché de Posen. — Le grand-duc Constantin, nommé vice-roi de Pologne, ne pouvant se plier au rôle de roi constitutionnel, foula aux pieds la charte octroyée aux Polonais par le traité de Vienne, établit une inquisition atroce et fit périr dans les tortures un grand nombre de citoyens. Ces crimes, en exaspérant la population, ne pouvaient manquer de provoquer une insurrection, qui éclata, en effet, le 29 novembre 1830, à la nouvelle que la Russie faisait des préparatifs pour marcher contre la France. Une lutte terrible eut lieu entre les Russes et les Polonais; ces derniers furent vaincus après avoir fait des prodiges de valeur; et la Pologne fut réduite en province russe.

PRUSSE. — DEPUIS SON ORIGINE JUSQU'A NOS JOURS.

Les chevaliers Teutoniques, ordre religieux et militaire, fondé lors des premières croisades, après avoir été chassés de la Terre-Sainte, vinrent s'établir dans la partie orientale de la Prusse, où ils introduisirent le christianisme à la pointe de leur épée, et se maintinrent tout-puissants jusqu'en 1440, époque où une partie du pays qu'ils occupaient passa au roi de Pologne Casimir, sous le nom de Prusse royale; l'autre partie resta à l'ordre Teutonique sous le nom de Prusse ducale. Albert de Brandebourg, grand-maître de l'ordre, ayant renoncé à ses vœux pour épouser la sœur du roi de Danemark, devint le fondateur d'un gouvernement formé de la Prusse ducale et royale, réunies et érigées en duché suzerain de la Pologne. En 1611, ce duché fut transféré à Jean Sigismond, électeur de Brandebourg, et passa ensuite au margrave Frédéric-Guillaume II, qui s'affranchit de la domination de la Pologne en forçant Jean Casimir à le reconnaître duc souverain de la Prusse en 1657, par le traité de Wilna. — Son fils profita du moment où l'Allemagne s'agitait pour résister à Louis XIV, sut se rendre important dans les guerres et les négociations qui précédèrent le traité de Ryswick, et se trouva bientôt assez fort pour substituer le titre de roi à celui d'électeur. Il se fit couronner à Kœnigsberg en 1701, et prit le titre de Frédéric Ier. Le nouveau roi de Prusse agrandit son royaume par des acquisitions et par des conquêtes.

Frédéric-Guillaume Ier lui succéda en 1713. Il entra dans une ligue contre la Suède, fit une paix séparée avec cette puissance, et obtint une grande augmentation de territoire. Il ne négligea aucune des ressources qui font fleurir les États, encouragea les arts, le commerce, les manufactures, disciplina ses troupes, et laissa à son successeur une armée de soixante-six mille hommes parfaitement organisée.

Frédéric II, dit le Grand, monta sur le trône en 1740. Il profita de la faiblesse de Marie-Thérèse pour s'emparer de la Silésie, qui lui fut abandonnée par un traité de paix. En 1757, la Russie, l'empire d'Allemagne, la maison d'Autriche, la Saxe, la Suède et la France se liguèrent contre lui. Après avoir éprouvé quelques défaites, il remporta une victoire signalée à Rosbach et une autre à Breslau, qui rendirent inutiles les efforts des puissances réunies ; la paix de Hubertsbourg lui assura la plus grande partie de ses conquêtes. En 1772, de concert avec l'Autriche et la Russie, il profita des troubles de la Pologne pour s'en approprier une partie ; cette immense augmentation de territoire le rendit maître de la Vistule et du commerce de la Pologne. — Frédéric dut tous ses succès à la bonne organisation et à la sévère discipline de ses troupes. Il ouvrit ses États aux étrangers de distinction et aux colonies d'émigrants que l'intolérance religieuse chassa de leur patrie. Il protégea les savants et les philosophes, et pendant quarante-six ans donna le rare spectacle d'un guerrier, d'un littérateur, d'un législateur et d'un philosophe sur le trône. Frédéric mourut en 1786, laissant à son successeur un royaume florissant et des forces capables de le rendre l'arbitre de l'Europe.

Frédéric-Guillaume II, neveu de Frédéric-le-Grand, figura dans la lutte engagée contre la Pologne, dont il partagea les dépouilles avec la Russie et l'Autriche. Il fut un des premiers à faire la guerre à la France à l'époque de la révolution, signa la déclaration de Pilnitz, entra en Champagne, fut défait à Valmy par Kellermann et obligé de battre en retraite. En 1795, il signa le traité de Bâle et reconnut la République Française.

Frédéric-Guillaume III monta sur le trône en 1797; jusqu'en 1805 il resta spectateur tranquille de la lutte entre la France et l'Autriche. A cette époque il osa s'attaquer au vainqueur d'Austerlitz, et perdit dans une guerre imprévoyante toutes les provinces qu'il possédait sur la rive droite du Rhin, les provinces polonaises qu'il avait sur la rive droite de la Vistule, et la Westphalie. En 1813, la Prusse prit part à la coalition contre la France. Le traité de Vienne lui rendit les possessions qu'elle avait perdues par le traité de Tilsitt, et lui valut le grand-duché de Posen, la moitié du royaume de Saxe, ainsi que les provinces du Bas-Rhin sur la rive gauche de ce fleuve.

Frédéric-Guillaume IV a succédé à son père Guillaume III, en 1840.

SUÈDE. — DE CHRISTINE A CHARLES XIV.

Christine, fille de Gustave-Adolphe, n'avait que six ans lorsque son père fut tué à la bataille de Lutzen. Elle reçut une éducation brillante et appela à sa cour les hommes les plus remarquables de son temps. Née avec un génie rare, après avoir soutenu pendant vingt-deux ans avec fermeté l'honneur de la couronne de Suède, elle abdiqua le pouvoir en 1654, et engagea les états à élever à sa place son cousin Charles-Gustave, fils du duc des Deux-Ponts. — Christine embrassa ensuite la religion catholique et voyagea dans différents états de l'Europe. Charles-Gustave étant mort, Christine retourna en Suède dans le dessein de reprendre les rênes du gouvernement, et échoua dans cette tentative. Elle se retira à

Rome, où elle passa le reste de ses jours dans le centre des arts qu'elle aimait.

Charles-Gustave X porta ses armes en Pologne, où il gagna la célèbre bataille de Varsovie, qui dura trois jours. Il fit longtemps la guerre heureusement contre les Danois, assiégea leur capitale, réunit la Scanie à la Suède et fit assurer, du moins pour un temps, la possession du Schleswig au duc de Holstein. Ayant ensuite éprouvé quelques revers, il fit la paix avec ses ennemis et tourna son ambition contre la liberté de ses sujets, qu'il voulut soumettre au pouvoir arbitraire; mais il mourut à l'âge de trente-sept ans, avant d'avoir pu achever cette œuvre du despotisme, que son fils Charles XI éleva jusqu'au comble.

Charles XI abolit l'autorité du sénat, rendit le pouvoir royal absolu et la couronne héréditaire. Il battit en plusieurs rencontres les Danois et les Polonais; mais il perdit toutes les places qu'il possédait en Poméranie, et qui ne lui furent rendues qu'à la paix de Nimègue. Son armée, qu'il établit sur un pied formidable, le rendit si puissant que ce fut sous sa médiation que s'ouvrirent les conférences pour la paix de Ryswick. Il mourut en 1707.

Charles XII, à son avénement, non-seulement se trouva maître absolu et paisible de la Suède et de la Finlande, mais il régnait encore sur la Livonie, la Carélie, l'Ingrie, possédait Wismar, les îles de Rugen, d'Oesel, la plus belle partie de la Poméranie, le duché de Brême et de Verden. La paix de Ryswick, commencée sous les auspices du père, fut conclue sous ceux du fils; il fut le médiateur de l'Europe, dès qu'il commença à régner. — Les lois de la Suède fixaient la majorité des rois à quinze ans; mais Charles XI, absolu en tout, retarda la majorité de son fils jusqu'à dix-huit ans, et déclara régente la veuve de Charles X.

La même année de la mort de son père, après avoir passé la revue de plusieurs régiments, le jeune Charles tomba dans une rêverie profonde, dont le conseiller d'État Piper prit la liberté de lui demander le sujet. « *Je songe,* répondit le prince, *que je me sens digne de commander à ces braves gens, et je voudrais que ni moi ni eux ne reçussions l'ordre d'une femme.*» Piper fit connaître immédiatement ce désir aux états-généraux, qui trois jours après déclarèrent le roi majeur.—Dans le commencement du règne deCharles XII, trois princes puissants, se prévalant de son extrême jeunesse, conspirèrent sa ruine presque en même temps : Frédéric IV, roi de Danemark; Auguste, électeur de Saxe et roi de Pologne, et Pierre-le-Grand, empereur de Russie. Charles XII partit pour sa première campagne le 8 mai de l'année 1700. Il porta immédiatement la guerre en Danemark, assiégea Copenhague par mer et par terre, et força le roi de Danemark à demander la paix. Tournant ensuite ses armes contre les Russes, il les joignit à Narva, et avec une armée de huit mille hommes seulement défit l'armée des Moscovites forte de quatre-vingt mille hommes. Il entra ensuite en Pologne, où, après avoir remporté l'avantage dans plusieurs combats, il fit proclamer roi Stanislas Leczinski. Après avoir gagné plusieurs batailles sur les Saxons, il tourna de nouveau ses armes contre les Russes, sur lesquels il obtint d'abord plusieurs avantages; mais la fortune l'ayant abandonné à Pultawa, le 8 juillet 1709, toute son armée fut défaite; lui-même, grièvement blessé, fut obligé de se réfugier en Turquie, où il séjourna cinq ans. Pendant ce temps Auguste remontait sur le trône de Pologne et en chassait Stanislas; le roi de Danemark faisait une incursion en Suède, et les Suédois brûlaient Altona. Charles XII, s'étant enfin décidé à quitter la Turquie, se déguisa en paysan, traversa la Valachie, la Transylvanie, la Hongrie, l'Allemagne, et arriva à Stralsund, où il fut presque aussitôt assiégé par les rois de Prusse et de Danemark; il leva ensuite une armée, entra en Norwége, entreprit le siége de Frédéricksall et fut tué en allant reconnaître cette place, en 1718, à l'âge de trente-six ans.

Ulrique-Éléonore, sœur de Charles XII, lui succéda. Deux ans après, elle fit proclamer roi son mari, landgrave de Hesse-Cassel, sous le nom de Frédéric II. Ces deux époux s'occupèrent pendant le cours de leur règne à remédier aux maux de l'État, que les guerres de Charles XII avaient réduit à la plus grande misère.

Adolphe-Frédéric, duc de Holstein, monta sur le trône en 1745. Pendant les vingt années de son règne, il fut presque entièrement occupé à défendre les prérogatives de la couronne contre les prétentions du sénat, que soutenaient les bourgeois et les paysans. Il mourut en 1771.

Gustave III parvint à annihiler entièrement les droits du sénat par la promulgation d'une constitution qui donnait au roi le droit de convoquer, de proroger et de dissoudre les états à sa volonté. Les mécontentements que provoquèrent ce coup d État le rendirent à peu près inutile, par les obstacles sans cesse renaissants que suscitèrent tous ceux qui étaient opposés à la constitution. Après avoir remporté une victoire contre la Russie, Gustave se vit, à un signal donné, abandonné par ses principaux officiers, qui refusèrent de marcher sous ses ordres, au moment où il était en marche sur Saint-Pétersbourg. Après la paix de Varéla, signée le 14 août 1790, la noblesse, enhardie par le mauvais succès d'une entreprise qui avait affaibli la popularité du monarque, essaya de lui arracher plusieurs des concessions qu'elle avait été obligée de faire. Gustave convoqua une diète par laquelle il se fit investir du droit de faire la guerre et la paix sans le concours des représentants de la nation; la noblesse protesta. Le roi fit instruire contre les auteurs de la défection par laquelle le sort de la dernière campagne avait été compromis; un conseil de guerre institué à Stockholm trouva beaucoup de coupables, qui presque tous furent condamnés à la peine de mort. Dès lors, les membres de cette noblesse décimée jurèrent la perte de Gustave; trois d'entre eux tirèrent au sort le coup qui devait l'immoler, et Anckarstroëm, désigné par sa destinée, l'assassina d'un coup de pistolet au milieu d'un bal masqué, dans la nuit du 15 au 16 mars 1792. Gustave expira le 29 du même mois, après douze jours de souffrances. Anckarstroëm fut exécuté dans le mois de mai suivant.

Gustave IV, à la mort de son père, n'ayant que quatorze ans, la régence fut déférée à son oncle, le duc de Sudermanie. A dix-huit ans, Gustave IV prit les rênes du gouvernement. Après la paix de Tilsitt, il persista dans les principes qui l'avaient fait entrer dans la coalition contre la France, rompit avec la Russie et voulut faire seul la guerre à Napoléon. Les suites naturelles de cette conduite ne se firent pas attendre longtemps. Le maréchal Brune prit Stralsund et occupa l'île de Rugen; presque au même instant une armée russe envahissait la Finlande. Gustave, manquant bientôt d'hommes et de secours, n'en voulut pas moins continuer la guerre; il fit marcher ses gardes, qui furent battus, et aussitôt il cassa et dégrada en masse ce corps militaire, composé d'hommes pris dans les rangs les plus distingués de l'État. La Suède s'indigne, la révolte suit l'indignation, Gustave est arrêté dans son palais et forcé de signer son abdication. Les États nommèrent pour le remplacer le duc de Sudermanie, qui fut proclamé roi sous le nom de Charles XIII, le 20 juin 1809.

Charles XIII monta sur le trône dans des circonstances très-difficiles. Mais bientôt, la paix conclue avec la Russie et avec la France procura à ce peuple le repos qui lui était nécessaire pour réparer les pertes qu'il avait éprouvées et pour achever sa constitution. Le 20 octobre 1810, Charles XIII accepta pour son fils adoptif et son successeur le maréchal Bernadotte, qu'avaient choisi les États du royaume. La politique du nouveau roi acquit la Norwége à la Suède en remplacement de la Finlande; il sut se faire aimer des Suédois, et sa mort, arrivée le 5 février 1838, occasionna un deuil général dans le royaume.

DANEMARK. — DE CHRISTIERN V A FRÉDÉRIC VI.

Frédéric III eut pour successeur Christiern V, qui fit contre la Suède une guerre mêlée de succès et de revers. Il mourut en 1694, laissant le trône à Frédéric IV. Celui-ci se ligua avec le czar Pierre et le roi de Pologne contre Charles XII, qui rançonna sa capitale et le força ainsi à faire la paix. La bataille de Pultawa lui fit espérer qu'il pourrait se venger de ses défaites; mais Stenboch, à la tête d'une troupe de paysans, eut l'honneur de sauver son pays. Frédéric fut plus heureux en Allemagne, où il conquit tout le duché de Brême. La guerre qui se ralluma après le retour de Charles XII lui valut le duché de Schleswig.

Christiern VI succéda à Frédéric IV en 1730. Son règne fut paisible ainsi que celui de Frédéric VI, qui mourut en 1766, et eut pour successeur Christiern VII, sous lequel le Danemark fut agité par des intrigues de palais, à la suite desquelles le médecin Struensée, favori du roi, ayant été convaincu d'adultère avec la reine de Danemark, fut puni du dernier supplice. La reine se retira en Hanovre et mourut peu de temps après. Le prince royal, Frédéric, fils de Christiern, fut chargé de gouverner au nom de son père, et prit la régence en 1784. Christiern VII étant mort en 1808, le prince régent lui succéda sous le nom de Frédéric VI.

ESPAGNE. — DE PHILIPPE V A ISABELLE (1700 A 1833).

Le duc d'Anjou, petit-fils de Louis XIV, monté sur le trône d'Espagne sous le nom de Philippe V, en vertu du testament de Charles II, fut proclamé roi en 1700 et fit son entrée à Madrid en 1710; mais il ne se vit possesseur paisible de l'Espagne que par le traité d'Utrecht de 1713, après une guerre de douze ans. Philippe V régna quarante-six ans, en y comprenant le règne de Louis Ier, en faveur duquel il avait abdiqué, et qui dura seulement quelques mois.

Ferdinand VI, surnommé le Sage, lui succéda en 1746; il rendit l'Espagne florissante pendant les treize années de son règne; il mourut sans enfants en 1759, et eut pour successeur son frère don Carlos, roi de Naples et de Sicile, qui régna sous le nom de Charles III. Ce monarque s'appliqua exclusivement à faire prospérer ses États, et fut heureusement secondé par son ministre le comte de Florida Bianca.

Charles IV parvint à la couronne en 1789. Incapable

de gouverner, il laissa pendant quelque temps la direction des affaires au comte de Florida Bianca; mais don Manuel Godoï, favorisé par la reine, qui n'avait rien à lui refuser, fut nommé premier ministre et prince de la Paix. Pendant quinze ans il gouverna l'Espagne et les Indes, et vit toute la grandesse d'Espagne à ses pieds. Après l'exécution de Louis XVI, le cabinet de Madrid déclara la guerre à la France et envahit son territoire, d'où il fut vaillamment expulsé par les généraux Dugommier, Moncey et Pérignon, qui entrèrent eux-mêmes en Espagne, menacèrent sa capitale et forcèrent Charles IV à faire la paix avec la République française, à laquelle l'Espagne céda la partie de l'île Saint-Domingue qui reconnaissait sa domination. La bonne intelligence se maintint entre les deux pays jusqu'en 1806. Charles IV ayant alors été menacé d'être détrôné par son fils Ferdinand, prince des Asturies, réclama le secours de Napoléon, qui attira Charles et son fils à Bayonne, arracha au roi une abdication forcée et à Ferdinand une renonciation au trône d'Espagne, sur lequel il plaça son frère Joseph, qui, après avoir régné quelque temps sur ce pays, fut forcé de l'abandonner par suite d'une insurrection générale fomentée et appuyée par les troupes anglaises. Ferdinand reprit les rênes du gouvernement après l'évacuation de l'Espagne par les Français, viola la constitution octroyée aux Espagnols en 1812, et provoqua une insurrection qui ne put être apaisée que par l'intervention des Français en 1823. Ferdinand VII mourut en 1833. Sa succession, disputée successivement par don Carlos et par la reine Marie-Christine, est échue définitivement, après de nombreuses révolutions, à la jeune reine Isabelle.

PORTUGAL. — DE PHILIPPE II A DONA MARIA.

Après la conquête du Portugal par Philippe II, ce royaume resta aux Espagnols pendant soixante ans. Mais le joug des Espagnols ayant paru insupportable aux Portugais, une révolution éclata et mit sur le trône le duc de Bragance, qui prit le titre de Jean IV. Ce monarque se maintint sur le trône par les secours que lui fournirent la France et la Hollande. Il battit les Espagnols près de Badajoz, et mérita le surnom de *Bon* par le soin qu'il prit des intérêts de son royaume.

Alphonse VI lui succéda sous la régence de la reine mère, en 1656, et épousa la princesse de Nemours. Dominé par des passions funestes, ce monarque s'aliéna le cœur de la reine et devint en horreur à ses sujets, qui le forcèrent d'abdiquer, firent déclarer son mariage nul et reconnurent son frère Pierre pour régent. Alphonse fut enfermé dans le château de Cintra, où il mourut après quinze ans de captivité. Son frère épousa la reine et prit le nom de Pierre II. Il fit la paix avec l'Espagne, qui renonça à toutes ses prétentions sur le Portugal. — Sous le règne de Jean V, son successeur, le Portugal prit le parti des alliés contre la France; mais le sort ne favorisa pas les efforts de ses armes. Après la paix d'Utrecht, le Portugal jouit assez constamment de la paix jusqu'à la mort de Jean V, qui mourut en 1750, après avoir régné quarante ans. — Joseph de Bragance, son fils, eut à soutenir, en 1761, une guerre contre l'Europe. Il expulsa les jésuites de ses États et faillit être assassiné dans une de ses maisons de campagne. C'est sous son règne qu'eut lieu le fameux tremblement de terre de Lisbonne, qui engloutit une partie de cette ville et occasionna la mort de plus de trente mille personnes.

Marie et Pierre III. — Marie, qui avait épousé son oncle Pierre III du vivant de son père, partagea l'autorité avec ce prince, qui mourut en 1786.—Après la mort de Pierre III, Marie gouverna seule le Portugal, qui entra dans la coalition contre la République française, avec laquelle il fut en guerre jusqu'au traité d'Amiens. Une rupture avec la France ayant eu lieu en 1807, les Français, sous la conduite de Junot, envahirent le Portugal, et la famille royale se retira au Brésil. Junot ayant été forcé d'évacuer Lisbonne à la suite d'une insurrection fomentée par les Anglais, en 1808, le maréchal Soult et ensuite le maréchal Masséna replacèrent le Portugal sous la domination des Français, qui s'y maintinrent jusqu'à 1814. — En 1820, une révolution força Jean VI à accepter une constitution libérale. Deux ans après, son fils don Miguel opéra une contre-révolution qui troubla le Portugal jusqu'à la mort de Jean VI, arrivée en 1826.

Don Pédro, son fils, empereur du Brésil depuis 1822, lui succéda, rétablit le gouvernement représentatif, et abdiqua en faveur de sa fille dona Maria, qui règne en Portugal aujourd'hui.

HOLLANDE. — DEPUIS SON ORIGINE JUSQU'A NOS JOURS.

Théodoric, frère d'Herman, duc de Saxe, fut nommé comte de Hollande par Charles-le-Simple, en 923, et ce titre devint héréditaire dans sa famille. En 1432, Jacqueline, héritière de Hollande et veuve de Jean IV, duc de Brabant, épousa Borselen, stathouder de Hollande, et fut forcée l'année suivante de remettre ses États au duc de Bourgogne. Quelque temps après, la Hollande passa par mariage dans la maison d'Autriche, avec les autres possessions de celle de Bourgogne. — Sous Charles-Quint, la Hollande parvint à un haut degré de prospérité; le Nouveau-Monde, l'Espagne, l'Allemagne, qui obéissaient au même maître et ne formaient avec elle qu'un même empire, ouvraient un vaste champ à toutes ses entreprises. Les persécutions de Philippe II et les cruautés du duc d'Albe provoquèrent une insurrection à la tête de laquelle se mit le duc Guillaume de Nassau, prince d'Orange, qui entra dans le Brabant avec une petite armée, s'empara de la Zélande et de la Hollande, qui le reconnurent pour leur stathouder ou gouverneur.

En 1579, les sept provinces des Pays-Bas se constituèrent en république sous le nom de Provinces-Unies ou États-Généraux de Hollande. Après son affranchissement du joug espagnol, la Hollande parvint à un haut degré de prospérité et compta bientôt au nombre des grands États de l'Europe. Le stathoudérat, aboli en 1650, fut rétabli en 1672. Lorsque le stathouder Guillaume III fut élevé au trône de la Grande-Bretagne, en 1688, il n'en conserva pas moins le stathoudérat. Depuis ce moment, l'Angleterre et la Hollande, réunies sous l'autorité d'un même chef, agirent de concert dans leurs guerres contre Louis XIV. De 1751 à 1798, les Hollandais soutinrent la guerre d'Amérique avec l'Espagne et la France contre l'Angleterre; les revers qu'ils éprouvèrent les contraignirent à faire aux Anglais des concessions désavantageuses par le traité de Paris, en 1784. Plus tard, des troubles excités dans le but d'anéantir le stathoudérat inquiétèrent Guillaume V. Les Français s'étant rendus maîtres de la Hollande, en 1795, changèrent la forme du gouvernement et constituèrent les provinces conquises en république sous le nom de République batave. En 1806, la Hollande fut érigée en royaume en faveur de Louis Bonaparte, frère de Napoléon, et réunie à la France en 1810. Après l'invasion des étrangers, en 1814, la Hollande, augmentée de la Belgique, composa la monarchie néerlandaise. En 1830, un système d'impôt excessif et la tendance du gouvernement à exploiter la Belgique au profit de la Hollande, excitèrent un mécontentement général dans toute la population belge, qui, encouragée par l'exemple des Français, se constitua en royaume indépendant en septembre 1830.

ANGLETERRE. — DE CHARLES II A VICTORIA.

La mort de Charles Ier occasionna un changement dans la forme du gouvernement de l'Angleterre, qui fut constituée en république sous le protectorat d'Olivier Cromwell. Le nouveau sceau de la nation porta pour légende : *la première année du rétablissement de la liberté.* En même temps le parlement déclara coupable de haute trahison quiconque reconnaîtrait pour roi Charles Stuart, connu sous le nom de prince de Galles. — Cromwell, devenu chef du gouvernement sous le nom de Protecteur, subjugua l'Écosse et l'Irlande, qui avaient reconnu Charles II. Aussi grand homme d'État qu'intrépide à la guerre et profond hypocrite, il fit tellement respecter son pouvoir au dehors, qu'il força les puissances maritimes à baisser pavillon devant les vaisseaux anglais, et les rois de France et d'Espagne à rechercher son alliance. Il enleva la Jamaïque aux Espagnols, et fit promulguer le fameux acte de navigation qui assura à la marine anglaise le monopole des transports, fit une révolution complète dans l'histoire du commerce, et marque le commencement de l'ère de la puissance commerciale de l'Angleterre. — L'infatigable activité de Cromwell, son respect constant pour les priviléges de la nation, son économie intelligente, la simplicité de sa vie, la rigidité de ses mœurs, l'impartialité avec laquelle il fit rendre la justice, sans distinction de grands ni de petits, affermirent sa puissance et la firent respecter jusqu'à sa mort, arrivée le 3 septembre 1658. Il fut inhumé à Westminster, dans la chapelle de Henri VII, d'où ses restes furent tirés à la restauration pour être exposés à Tyburn.

Richard Cromwell, fils d'Olivier, lui succéda sans opposition et abdiqua le pouvoir peu de temps après. Le général Monck, gouverneur de l'Ecosse, rétablit sur le trône Charles II, dont les désordres et l'incapacité gouvernementale préparèrent une nouvelle révolution et la ruine de la dynastie des Stuarts. Il eut pour successeur en 1685, Jacques II, sous le règne duquel l'infâme Jeffries, chef de la justice, ensanglanta la Grande-Bretagne par de barbares exécutions. Jacques II ayant manifesté l'intention de supprimer la religion anglicane et de faire proclamer le catholicisme religion de l'État, excita dans le royaume un mécontentement général. Les Anglais se déterminèrent alors à offrir la couronne à Guillaume de Nassau, stathouder de Hollande, qui débarqua en Angleterre et fut reconnu roi en 1688.— Jacques II se retira en France, où il mourut en 1701.

Guillaume III eut à soutenir une guerre contre la France, qui avait reconnu, à la mort de Jacques II, son fils comme roi d'Angleterre; une chute de cheval termina sa vie en 1702.—Anne Stuart, fille de Jacques II, et unie de communion à la religion anglicane, lui succéda et continua avec succès la guerre contre la France, terminée en 1713 par la paix d'Utrecht. — A sa mort, Georges Ier, de la maison de Hanovre, fut reconnu roi. Sous son règne, les torys prirent les armes en faveur du prétendant, furent vaincus et plusieurs d'entre eux furent exécutés. Georges Ier mourut en 1727.—Sous Georges II, l'Angleterre déclara la guerre à l'Espagne.—Georges II gagna en personne la bataille de Dettingen, en 1743, dont les résultats furent détruits par la victoire de Fontenoy, gagnée par les Français, en 1745. En même temps, la bataille de Culloden, gagnée sur le prétendant Charles-Édouard, délivrait l'Angleterre de la guerre civile. La guerre entre la France et l'Angleterre recommença en 1755, et se continua jusqu'à la paix de 1763, sous le règne de Georges III, qui était monté sur le trône en 1760. Le despotisme de ce souverain souleva contre la mère patrie les colonies anglaises de l'Amérique septentrionale, qui se déclarèrent indépendantes en 1776. Les Anglais poussèrent avec vigueur la guerre dans cette contrée; mais le courage des Américains et la justice de leur cause leur firent surmonter tous les obstacles. La France et l'Espagne aidèrent de leurs subsides, de leurs armées et de leurs flottes les citoyens des États-Unis, dont l'Angleterre fut forcée de reconnaître l'indépendance en 1783.

La Révolution française, qui éclata quelque temps après, fit revivre l'animosité des Anglais contre la France. Pitt forma contre ce pays une première coalition de presque toutes les puissances de l'Europe, dont la valeur des généraux républicains détacha successivement Naples, l'Espagne, la Prusse et l'Autriche, et qui fut enfin dissoute par la paix d'Amiens, conclue en 1802. Une nouvelle coalition, renouée par le marquis de Wellesley, échoua encore à Wagram et à Tilsitt. Mais après la désastreuse campagne de 1812, tous les souverains de l'Europe, ameutés de nouveau par les intrigues et l'or de l'Angleterre, triomphèrent enfin de la France épuisée, mais surtout déchirée par les factions. — Georges III mourut en 1820, laissant la couronne à Georges IV, dont le règne fut terni par le scandaleux procès qu'il intenta à son épouse, la reine Caroline de Brunswick. Il laissa la couronne d'Angleterre à la jeune princesse Victoire-Alexandrine, fille du duc de Kent, frère des rois Georges IV et Guillaume IV, qui monta sur le trône le 20 juin 1827.

FRANCE. — DE LOUIS XIV A LA FIN DU RÈGNE DE LOUIS-PHILIPPE.

A la mort de Louis XIII, le parlement s'arrogea le droit de conférer la régence à la reine-mère Anne d'Autriche, sous laquelle gouverna le cardinal Mazarin, son favori. La guerre continua avec l'Autriche; le jeune d'Enghien, qui devint le grand Condé, vainquit à Rocroy, à Fribourg, à Lens, tandis que Turenne gagnait la bataille de Norlingen et prenait Dunkerque. Cette guerre de Trente-Ans, dans laquelle se distinguèrent les Suédois, fut terminée par le traité de Westphalie en 1648. A la paix, les grands et le parlement s'allièrent contre le cardinal Mazarin. Condé, mécontent de la cour, l'abandonna. Mazarin le fit arrêter et le relâcha. Condé quitta la France, revint avec sept mille hommes; on lui opposa Turenne. Les armées en vinrent aux prises jusque dans le faubourg Saint-Antoine. Le résultat de cette guerre civile, connue sous le nom de la Fronde, parce qu'on y tournait en ridicule les actes du gouvernement, fut de rendre le pouvoir plus absolu. — La guerre se termina par le traité des Pyrénées (1659), par suite duquel Louis XIV épousa l'infante Marie-Thérèse. Mazarin mourut, et Louis XIV prit en main les rênes du gouvernement.

Philippe IV, roi d'Espagne, étant mort, Louis XIV réclama la Flandre et la Franche-Comté comme héritage de sa femme, et en fit la conquête en peu de mois. Le traité d'Aix-la-Chapelle, de 1668, ne lui permit de garder que la Franche-Comté et le força de rendre la Flandre. La guerre contre la Hollande, entreprise en 1672, se termina en 1679 par le traité de Nimègue, qui attribua définitivement à la France la Franche-Comté, seize places en Belgique et une grande partie de l'Alsace. Là s'arrêtèrent les succès de Louis XIV ; avec la guerre de la succession d'Espagne commencèrent une série de désastres qui mirent la France dans une situation très-critique ; sauvée enfin à Denain par la victoire de Villars, elle ne commença à respirer qu'après le traité d'Utrecht, de 1713, qui mit fin à la guerre de la succession. Villars passa ensuite le Rhin, repoussa les Impériaux et signa avec le prince Eugène, en 1714, la paix de Rastadt. — Lorsque la gloire des armes de Louis XIV brillait du plus grand éclat, au milieu des magnificences inouïes de Versailles, où s'était englouti l'argent de la France, on lui inspira la volonté d'extirper l'hérésie, et bientôt les gorges des Cévennes retentirent des cris des calvinistes poursuivis par les dragons envoyés pour les convertir. L'Edit de Nantes fut révoqué, les temples démolis, les enfants arrachés à leurs pères pour être faits catholiques, et huit cent mille citoyens paisibles, fuyant la persécution, allèrent porter à l'étranger leur industrie et leur ressentiment. Louis XIV mourut en 1715, après un règne de soixante-douze ans, laissant trois milliards de dettes. Sous son long règne, le progrès des lettres, des sciences et des arts fut immense, et à partir de cette époque la France n'a cessé de marcher à la tête des nations civilisées et a fait faire des pas immenses au développement de l'esprit humain.

A la mort de Louis XIV, Louis XV, son arrière-petit-fils et son successeur, n'avait que cinq ans. Le parlement cassa le testament du feu roi et nomma régent absolu son neveu, le duc d'Orléans, débauché fort spirituel et assez indifférent aux affaires, dont il laissa la direction à son ministre, l'abbé Dubois, le plus corrompu des ministres passés, présents et futurs. Pendant une guerre contre l'Espagne, on entreprit de payer les dettes laissées par Louis XIV, et on y parvint par l'adoption du système de Law, qui soutira l'argent des partisans de ce système, auquel il donna en échange des chiffons de papier et des espérances gigantesques qui s'évanouirent sur les brouillards du Mississipi. — Le régent mourut peu après que le roi fut entré dans sa majorité. L'abbé Fleury, son premier ministre, gouverna en son nom et procura à la France une longue paix qui fut troublée à l'occasion de l'expulsion du roi de Pologne Stanislas. La paix signée à Vienne assura à la France la possession définitive de la Lorraine. — En 1744, la France prit part à la guerre de la succession d'Autriche, terminée par le traité d'Aix-la-Chapelle (1748) et dont la bataille de Fontenoy fut un des glorieux épisodes. L'année suivante, Louis XV eut à soutenir une nouvelle guerre suscitée par les Anglais, où la France perdit une partie de ses colonies d'Amérique; cette guerre fut terminée par le traité de Paris de 1763. — L'abolition des jésuites, en 1764, fut un des principaux événements du règne de Louis XV, mort en 1774, et dont la vie privée ne fut pas moins scandaleuse que la vie politique.

Louis XVI, né à Versailles le 23 août 1754, monta sur le trône le 10 mai 1774. Il avait épousé, le 16 mai 1770, Marie-Antoinette d'Autriche. Les événements de son règne, ceux de la Révolution, de l'Empire et de la Restauration, étant intimement liés à ceux de l'histoire de Paris, nous renvoyons à cette histoire, et nous nous contenterons de citer les principaux faits dans un court abrégé chronologique.

1774. Avénement de Louis XVI à la couronne.
1778. Traité d'alliance avec les colonies de l'Amérique septentrionale.
1783. Paix de Paris entre l'Angleterre, la France et l'Espagne.
1787. Première assemblée des notables.
1788. Deuxième assemblée des notables.
1789. Ouverture des États-génér.
— 29 juin. Serment du Jeu de Paume.
— 14 juill. Prise de la Bastille.
1790. Division de la France en départements.
1791. Fuite du roi, qui est arrêté à Varennes.
— 14 septembre. Adoption par le roi de la constitution.
— Fin de l'Assemblée constituante. — Assemblée législative.
1792. Déclaration de guerre à l'Autriche.
— 10 août. Attaque des Tuiler.
— 2-3 septembre. Massacre dans les prisons de Paris.
— 21 septembre. Ouverture de

la Convention nationale.

1793. 21 janv. Mort de Louis XVI.

— 13 février. Établissement du tribunal révolutionnaire.

— 16 octobre. Mort de Marie-Antoinette. — Constitution dite de 1793.

1794. 9 et 10 thermidor. Chute de Robespierre.

1795. Insurrection du 13 vendémiaire réprimée par le général Bonaparte.

— 26 octobre. Clôture de la Convention nationale. — Constitution de l'an III. — Formation du Directoire.

1796. Conquête de l'Italie par le général Bonaparte.

1797. 17 octobre. Paix de Campo-Formio.

1798. Expédition d'Egypte.

1799. Coup d'État du 18 brumaire. — Nomination de Bonaparte premier consul. — Constitution de l'an VIII.

1800. Campagne du général Bonaparte en Italie. — Bataille de Marengo.

— 24 décembre. Explosion de la machine infernale.

1801. Concordat entre le pape et le premier consul pour le rétablissement de la religion catholique.

1802. 25 mars. Traité de paix d'Amiens.

— 2 août. Bonaparte est nommé premier consul à vie.

1803. Mort du duc d'Enghien.

1804. 18 mai. Sénatus-consulte qui déclare Napoléon empereur des Français. 2 déc. Sacre de Napoléon.

1805. Troisième coalition. — 2 déc. Bataille d'Austerlitz.

1806. 14 octobre. Bataille d'Iéna.

1807. 8 fév. Bataille d'Eylau. — 14 juin. Bat. de Friedland.

— 7 juillet. Paix de Tilsitt.

1808. Renversement des Bourbons d'Espagne.

1809. 7 juill. Bataille de Wagram.

1810. Mariage de Napoléon avec Marie-Louise d'Autriche.

1811. 20 mars. Naissance du roi de Rome.

1812. Campagne de Russie. — 7 sep. Bataille de la Moskowa.

1813. Bataille de Lutzen, Bautzen, Dresde, Leipsick.

1814. Invasion de la France. — — 31 mars. Capitulation de Paris. — 13 av. Abdication de Napoléon. — 3 mai. Entrée de Louis XVIII à Paris.

1815. 1er mars. Débarquement de Napoléon à Fréjus. — 30 mars. Entrée de Napoléon à Paris.

— 16 juin. Bataille de Fleurus. — 18 juin. Bataille de Waterloo.

— 8 juillet. Rentrée de Louis XVIII à Paris.

— 15 juillet. Napoléon s'embarque sur le vaisseau anglais *le Bellérophon*.

— 2 août. Assassinat du maréchal Brune à Avignon.

— 15 août. Assassinat du général Ramel à Toulouse.

— 7 déc. Mort du maréchal Ney.

1820. 13 fév. Assas. du duc de Berry.

1821. 5 mai. Mort de Napoléon à à Sainte-Hélène.

1824. 16 septembre. Mort de Louis XVIII. — Avénement de Charles X.

1830. 27, 28 et 29 juillet. Révolution de 1830.

— 9 août. Le duc d'Orléans est proclamé roi des Français, sous le nom de Louis-Philippe Ier.

1848. 24 février. Révolution de Février. — Abdication de Louis-Philippe. — Proclamation de la République.

FIN.

CHEZ TOUS LES LIBRAIRES

on peut se procurer séparément les ouvrages de la

BIBLIOTHÈQUE POUR TOUT LE MONDE

RELIGION, MORALE,
SCIENCES ET ARTS, INSTRUCTION ÉLÉMENTAIRE,
HISTOIRE, GÉOGRAPHIE, ETC.

TITRES DES OUVRAGES

Numéros:

1 Alphabet (*avec* 100 *gravures*).
2 Civilité (2e *livre de Lecture*).
3 Tous les genres d'Écriture.
4 Grammaire de Lhomond.
5 Le mauvais Langage corrigé.
6 Traité de Ponctuation.
7 Arithmétique simplifiée.
8 Mythologie.
9 Géographie générale.
10 — de la France.
11 Statistique de la France.
12 La Fontaine (*avec notes*).
13 Florian (*avec notes*).
14 Esope, etc. (*avec notes*).
15 Lecture pour chaque Dimanche
16 Morceaux de Littérature : *Prose*.
17 — — *Vers*.
18 Art poétique (*avec notes*).
19 Morale en action.
20 Franklin (*œuvres choisies*).
21 Les Hommes utiles.
22 Les bons Conseils.
23 Histoire ancienne.
24 — grecque.
25 — romaine.
26 — sainte.
27 Histoire du moyen âge.
28 — moderne.
29 — de la découverte de l'Amérique.
30 — de France.
31 — de Paris.
32 — de Napoléon.
33 Tablettes universelles.
34 Le Monde à vol d'oiseau.
35 Robinson raconté en famille.
36 Merveilles de la Nature.
37 Découvertes et Inventions.
38 Erreurs et Préjugés.
39 Le Bonhomme *Parce que* et son voisin *Pourquoi*.
40 Histoire Naturelle } avec gravures.
41 Géologie }
42 Astronomie }
43 Physique amusante }
44 Chimie amusante }
45 Tenue des Livres simplifiée.
46 Géométrie } avec gravures.
47 Algèbre }
48 Arpentage }
49 Dessin linéaire }
50 Poids et Mesures.

Bibliothèque pour tout le monde! — Pour que cette Bibliothèque justifie son titre et qu'une place lui soit donnée dans toutes les familles; — pour qu'elle soit réellement *élémentaire*, *instructive*, il faut que, TOUTE d'instruction, elle ne s'occupe que de sujets religieux, moraux ou scientifiques : — il faut aussi que son prix *extraordinairement bas* en rende l'acquisition très-facile *à tout le monde* : tel est notre but.

CHAQUE OUVRAGE SE VEND SÉPARÉMENT.

Imp. Bonaventure et Ducessois.

www.ingramcontent.com/pod-product-compliance
Ingram Content Group UK Ltd.
Pitfield, Milton Keynes, MK11 3LW, UK
UKHW021147230726
13926UKWH00002B/972